现代汉语言文学的
多维视角研究

胡蜀鸰　著

吉林出版集团股份有限公司
全国百佳图书出版单位

图书在版编目（CIP）数据

现代汉语言文学的多维视角研究 / 胡蜀鸽著 . -- 长春 : 吉林出版集团股份有限公司 , 2023.7

ISBN 978-7-5731-4058-6

Ⅰ . ①现… Ⅱ . ①胡… Ⅲ . ①汉语—文学语言—研究 Ⅳ . ① I206

中国国家版本馆 CIP 数据核字 (2023) 第 164918 号

现代汉语言文学的多维视角研究
XIANDAI HANYUYAN WENXUE DE DUOWEI SHIJIAO YANJIU

著　　者	胡蜀鸽
责任编辑	张西琳
助理编辑	米庆丰
装帧设计	众　一
开　　本	710 mm × 1000 mm　1/16
印　　张	8.75
字　　数	170 千字
版　　次	2023 年 7 月第 1 版
印　　次	2023 年 7 月第 1 次印刷
出　　版	吉林出版集团股份有限公司
发　　行	吉林音像出版社有限责任公司
	（吉林省长春市南关区福祉大路 5788 号）
电　　话	0431-81629679
印　　刷	吉林省信诚印刷有限公司

ISBN 978-7-5731-4058-6　　定　价　48.00 元

如发现印装质量问题，影响阅读，请与出版社联系调换。

前言 / PREFACE

　　语言作为人们交流信息的工具，在人类社会实践中发挥着重要作用。汉语言文学是中国的文化瑰宝，是传承中华民族五千多年文化的重要方式之一。研究汉语言文学不仅能为语言的发展提供理论支撑，还能为人类探索语言文学贡献力量。随着时代的进步和网络科技的兴起，汉语言文学如今正面临着新的机遇和挑战。

　　在中国古代文明的发展过程中，诞生了多种多样的中国传统文学理论，并且都富含中华民族的特色和优势。先秦时代开始了百家争鸣，各种文学散论出现在历史中，到汉朝有《毛诗序》，到魏晋南北朝时期有曹丕的《典论—论文》、陆机的《文赋》、刘勰的《文心雕龙》等，进入唐宋时期后，诸如司空图的《二十四诗品》、苏轼的文论与诗论、严羽的《沧浪诗话》等诗话、词话不断出现，继而过渡到明清时期出现的金圣叹等人的小说评点、王夫之的《姜斋诗话》、叶燮的《原诗》等，集中总结了中华民族历史中的文学创作经验，是宝贵的历史财富。中国发展进入现代后，中国的文学理论逐渐实现了现代转型，产生了一批用新观点来总结文学活动的理论家，出现了一批有新思想、新观点、新面貌的现代汉语言文学理论著作。如王国维的《人间词话》《文学小言》，梁启超的《论小说与群治之关系》，鲁迅早期的《摩罗诗力说》和后来的许多著作，朱光潜的《文艺心理学》《论诗》，宗白华的《美学散步》，钱钟书的《谈艺录》，王元化的《文心雕龙创作论》，钱谷融的《论文学是"人学"》，蒋孔阳的《美学新论》等。

　　本书主要对现代汉语言文学进行了分析，对其多维视角展开了深入研究。首先阐明了汉语言及其文化内涵，并展开了关于汉语言字词的相关研究，介绍了现代文学的发展概况，探讨了现代文学作品的多维创作，分析了汉语言文学的多维风格，讨论了新媒体视域下的汉语言文学，最后多维探索了汉语言文学的未来走向。总体来讲，本文针对现代汉语言文学的多维视角进行研究，内容涉及多方面的专题研讨，旨在解决现代汉语研究中的基本学术问题和语言中的现实问题，以点带面地反映了现代汉语言文学研究的学术概貌。

胡蜀钧

目录 / CONTENTS

第一章　汉语言及其文化内涵

第一节　语言的内涵

语言作为工具是有大量证据的，因此我们不能否认语言工具性的一面。从历史上来看，对物品进行命名是语言出现的开端。即便在目前的现实生活中，语言的命名特性仍然存在。语言的基本概念可以归结为词与物的关系。在西方国家，部分语言哲学家指出了语言与世界的同一性，他们将语言中的词汇总结为思想的产物。雅克·拉康曾说过："真理来自言语，而不是来自现实。"他将语言的命名特性彻底否决。这样对语言进行定义过于牵强，存在很强的片面性。同时，语言绝不仅仅是工具，正如马丁·海德格尔所说："把语言定义为交流信息促进理解的工具……只不过指出了语言本质的一点效用。语言不仅仅是一种工具。"从不同层面考虑，语言可以是物质层面概念中的工具，但在思想层面则截然相反。戈特弗里德·威廉·莱布尼兹将"事实真理"和"理性真理"区别开来，以两种不同的思想认知真理，即经验事实和词语的含义。这就阐明了语言与世界的关系，当人身处于物质层面时，语言是人与世界沟通的桥梁；当人身处于精神层面时，真理便与语言融为一体，不可分割。

然而，因思想与现实紧密相连，就认为思想是现实的附属品是错误的。现实世界孕育出思想，而经过一段时间的发展后，思想就会展现出自足性的特征，世界对思想的影响只是其中的一部分原因，思想对人和世界的认知还体现出制约性的特征，这一特征已经有现代解释学和自然科学进行佐证。语言就是人的思想的体现，正因为思想都是来自语言的表达，在针对语言展开不断的研究后，我们才能真正把握思想、获取真理。在物质层面，语言显露出其独特的功能，用词语代表事物是毋庸置疑的，然而语言更重要的作用是能够对精神世界加以表述。部分词汇对于物质世界来说并不存在特定意义，不过对人来讲，却更具根本性。在这些词语的支撑下，人与语言、世界之间的连接更加稳固。

人的思想、思维模式看似由个体所掌控，也就是"思想自由"，但实际上在对现代语言学的研究中，我们发现了与之相反的结论。语言对人的操控，正体现在人的思想观念和思维方式之中。中华民族从古代开始，思维模式就与西方存在着巨大的差异，虽然有许多不可否认的原因，但是语言系统的不同仍是最主要的原因。

语言的自足性使其自身就足以成为一个世界，可以称其为语言的世界，或者说是人的世界，其中又可细分为精神层面与物质层面。语言中的词汇与物质世界相接，语言的命名性将物质世界展现在人类的视野中。即便如此，它与现实的世界也有着差异性，人类不同于动物的一点通过语言的人文特性得以表现出来。世界的意义是由我们赋予的，而我们对世界的划分正是源于语言。现实世界给予我们语言的使用范围，我们又用语言来构造自身的精神世界。"飞马""金山"等词，正是语言源自现实、用于精神的典范。这些词汇描述的并不是实际存在的物体，而是一种精神层面的想象，是一种思想的体现。

人的思想使语言的意义得到升华，进一步脱离物质层面，进入精神层面。正因语言的含义不止于词与物的性质，它才能和人类的其他产物区别开来。西方学者指出，语言被看作与精神思想无关的事物是不相宜的。语言拥有自身的创造性，它可以从物质层面脱离，进而进入精神层面。作为人类的造物，语言是独一无二的。

语言的出现是早于思想的，即人们运用语言后，思想才涌现出来。虽然没有办法进行简要的证明和阐述，但这一事实是确定的。语言从词与物的关联上来看是具有工具性的，而从精神层面和思想观念上来看就成了一个精神系统。在哲学理论中，语言分为原子论和整体论，而这两者是可以共存的，其中原子论着眼于物理层面，整体论则落实在思想层面。例如，"民主"这个词单独拿出来是没有问题的，意义明确且清晰，但却无法被应用于古汉语之中，只能在现代汉语中发挥它的作用和内涵。

把语言作为根本，人的世界和语言的世界就成了一个整体，而语言又是精神世界的本源，那么人的思想也就是语言。由此可见，不论是哪个民族，其思想和精神都蕴藏于语言之中，包括民族的文化历程、思维体系等。一个民族最核心的事物就是语言，换个角度来说就是语言把控着民族的精神思想。语言对人的制约是不可违抗的，人只能顺应语言的方向进行思考。我们所说的不同只能控制在语言的范畴内，所谓的自由也只是在语言的限度中。因此，语言可称作人的根本，其规定性对人来说是至关重要的。所有文化与思维的不同，都可以说是语言的不同。世界上的每个人都以自己的语言获取了独有的世界观，不同的语言当中蕴含着截然不同的观念和人类思维逻辑的体系。民族的语言根植于人民的心中，并发展为各个民族特有的文化和精神。

语言研究学者海德格尔从哲学的角度对这一事实展开验证。海德格尔将语言比作人类的家园，认为语言是人类的栖身之所。伽达默尔根据自己的理解重新概述了"语言是世界观"这一理论，他认为："任何一个属于特定传统的世界，都是通过语言构造出来的世界，即一种特定的世界观或世界图式。""我们正是通过语言而拥有一个世界或一种对于世界的态度。""每个在特定的语言和文化传统中成长起来的人，当然是以一种不同于属于其他传统的人的方式来观察世界的。"

人类使用语言描述世界、规定世界，不同民族的文化内涵和精神实质都是由自己民族的语言发展而来的。因此，伽达默尔说："所谓传统，主要指通过语言传下来的传统，即用文字写出来的传统。"海德格尔由这一观点提出，人类彼此之间隔绝的原因与语言的差异密不可分。海德格尔曾与日本教授手冢富雄谈论过这个话题，二人都认可这一说法，就欧洲和东亚语言的不同达成共识。手冢富雄更是深刻感受到将日本的本土文化思想完整地传入欧洲国家的困难程度。在这一点上，海德格尔有同感，他觉得将语言作为人类的家园时，从一个"家"到另一个"家"的沟通想要毫无障碍是做不到的。由此可见，民族内的思想转型和文化转换说到底就是语言的变革。

语言的传承性和系统性使其在时代的浪潮中被人们完整地保留了下来，从而在不同的时代为不同的人群提供了先在性的意义。人类的生活是被语言所包裹的，一旦脱离了这张包裹自己的语言之网，人类将难以生存。对每个人来说，语言都是生活，甚至生存的根本，这是不容变更的。语言对于民族也是同样重要的，且具有不可替代性。语言的牢固程度奠定了其在民族发展中伟大的精神地位，是民族的精神支柱和凝聚力的体现，更是民族文化传承不可或缺的重要组成部分。

第二节　汉语言的风格类型

认识和确定汉语言的风格类型是研究者对客观存在的汉语言风格类型的主观升华，必然受到研究者文化观的影响和制约。各种类型的语言风格是文化的凝聚体，各类风格的差异实质上是文化意蕴的差别。所以研究者要想正确认识和理解汉语言各类风格的本质特征及其生成和运用的规律，就必须借助文化宝镜。

一、汉语言的表现风格和语体风格

（一）汉语言的表现风格

1. 汉语言表现风格的文化含义

表现风格是一个总称，根据表现的不同可以分为若干组并列而又两两对立的类型：奔放与婉约、简朴与烦琐、内敛与外放、华丽与自然等。这是传统汉语言风格文化所公认的、推崇的、优秀的表现风格。这些表现风格彼此之间相辅相成，又相互对立，即矛盾之中又有协调。这是一个由若干并列而又两两对立的风格现象组成的矛盾统一体。它植根于中华文化，富有文化意蕴。例如，表现风格作为从言语交际的话语气氛和格调中抽象概括的统一体，就是中国哲学整体的综合层次理论，是普遍联系与整体考察观点的反映。又如，表现风格的各组类型都是两两对立存在的，它们的定义方法就是中国哲学中万事万物都是两两对立而存在的这种辩证思维的折射。再如，表现风格的存在方式是两两对立而成整体，说明事物发展到一定阶段，本身就会因多种因素发生变化，进而走向原本方向的对立面，也就是我们常说的物极必反。

2. 汉语言表现风格形成的文化导因

（1）表现对象

对于被表现出来的客观事物，我们称其为表现对象，即"意授于思，言授于意"是一种思想的体现，其中思想的内容是根据人对事物的想象展现出来的。人使用语言进行表述的模式就是基于自己的精神思想。表现对象的不同影响着表现风格的运用，同时在一定程度上决定着表现风格的不同，不同的表现风格对表现对象有不同的适应性。在表现风格生成和运用的过程中，表达主体选择什么样的客观事物、自身的精神文化如何作用于客观事物使之成为意、选择哪种与意相应的词、构思什么样的语言作品、呈现出什么样的格调都受到民族文化的制约。

（2）交际主体

交际主体包括个体和群体，个体表达者的表现风格是语言的个人风格，个人风格的形成和运用都会直接受到表达主体、接受主体自身的文化因素及其相互关系的影响和制约。群体表达者的表现风格如语言的民族表现风格、时代表现风格等是共性风格，语言的民族表现风格、时代表现风格生成和运用的指导因素是民族群体的文化个性、时代群体的文化个性。但群体总是通过代言人来体现的，群体的代言人要受群体的文化共性制约，当然其本身的个性文化因素也会起作用。

（3）交际语境

交际语境包括言内语境和言外语境。言内语境属于语言文化；言外语境则包括多种因素，其中社会文化环境和自然文化环境对表现风格的生成和运用起着决定性的制约作用。

（4）交际语体

表现风格的生成也受交际语体的制约。哪种表现风格适用于哪种语体，哪种语体对哪种表现风格是开放的，哪种语体排斥哪种表现风格，都是客观存在的语体文化规律。任何人运用语言生成表现风格，除了因特殊需要而有意超越语体规范采用变体手段外，一般都要遵从语体表现风格的制约，否则就不得体。

（二）汉语言的语体风格

1. 汉语言语体风格的文化含义

语体和风格是两个不同的术语，各有不同的含义。前者是为适应不同交际领域、交际内容、交际目的、交际对象和交际方式的需要，而运用全民语言所形成的言语特点综合体，即交际领域文化和语言文化融合成的语用范式；后者是言语交际者在主客观因素的指导下，运用全民语言所形成的言语特点综合显现出来的格调和风貌，即主客观文化和语言文化融合成的美学态势。语体风格是语体的表现风格，是以语体风格手段生成的风格特点，综合呈现出来的格调和风貌。语体在语言运用中处于中间层面，语体风格是语言风格范畴中的一个重要类型，在语言运用中跟其他类型的风格同处于最高层面。语体风格和语体是两种不同层面的语言现象，它们之间是上下位关系。

虽然风格和语体有着本质的区别，但是它们形影相随、亲密无间，是同生、共现、共变的关系。风格会随着语体的产生而产生，并随之变化而变化。依附在语体上的美学形态风格的内在基础是语体。

2. 汉语言语体风格形成的文化导因

（1）交际领域

语体风格是个总系统，包括若干个子系统，即分语体风格。各种分语体风格并非同时形成的，而是在社会文化发展过程中逐渐形成的。原始社会文化不发达，交际范围狭窄，只有口头文艺语体风格。随着社会文化的迅猛发展，社会分工日益细密，人们认识世界的眼界迅速拓宽，社会交际频繁且复杂化，言语交际的活动范围也就越来越大，逐步涉及诸如日常生活、公私事务、科学技术、政治思想、新闻报道、文学艺术以及广告传播等各种领域。言语社群或跨言语交流社群进入各种领域进行言语交际活动，都必须遵从其特定的语用文化规范，恰当地选用语言手段，构织语篇，生成语体，才能呈现出得体或合体的语体风格。可以说，交际领域对语体风格的形成是起着决定性作用的外部因素。在特定的交际领域的制约下，运用相应的语体风格手段就会形成特定的语体风格。

诸如适应口语交际需要而形成的谈话语体风格、适应公文事务领域交际需要而形成的公文语体风格、适应科学技术领域交际需要而形成的科技语体风格、适应政治思想领域交际需要而形成的政论语体风格、适应新闻传播领域交际需要而生成的新闻语体风格、适应文学艺术领域交际需要而生成的文学语体风格、适应广告传播领域交际需要而生成的广告语体风格，以及两种或多种语体风格融合而成的交融语体风格等。

（2）交际对象

人们在各个交际领域进行言语交际都是有对象的。要想收到理想的交际效果，交际主体就要运用语言手段，除了应合交际的语用文化规约外，还必须切合交际对象的文化特点。不同的交际对象有不同的文化特点，不同的文化特点，对话语的接受要求也有所不同。因而，交际对象对语体风格的形成也是起着制约和影响作用的客观文化因素。尽管交际对象千差万别，但在特定的交际领域进行言语交际活动，其交际对象都是十分明确的。例如，在日常生活领域，无论是聊天还是通过电波传递信息，都有其特定的听者。又如，在公私事务领域，无论是制定法规、发布命令还是发函电，都有其特定的群体或具体个人。

（3）交际目的和任务

在任何交际领域跟任何交际对象进行言语交际活动，都要做到：无论说什么还是写什么；或者明法传令，使读者听众知晓和执行；或者探求、交流、传播科学技术，使对方理解某种科学技术现象和科学技术知识；或者发表政治观点，宣传路线方针，动员对方接受和行动；或者传播有价值的信息，以满足社会公众获得全面信息的需要；或者反映现实、描绘自然、抒发情怀，使人受到感染、熏陶和教育；或者传递组织、商品、劳务信息，以满足社会公众消费、咨询的需要等。在不同的交际目的、任务制约下运用语言，形成的语体风格会有所不同。例如，以反映现实、描写景物和抒发感情，使人获得美学享受和教益为目的任务而形成的文学语体风格，跟以交流、传播科学技术信息，使人增长科技知识为目的任务而形成的科技语体风格必然迥异，跟以明法传令，使人知晓和执行为目的任务而形成的公文语体风格也有明显区别。所以，运用语言生成语体风格必须做到有的放矢。

二、汉语言的民族风格和时代风格

（一）汉语言的民族风格

1. 汉语言民族风格的文化含义

汉语言的民族风格是指一个民族运用民族语言所形成的言语特点综合呈现出来的气氛和格调。

风格手段既有来自语言要素的，也有来自超语言要素的。风格手段不等于语言要素。语言要素的特点既不同于利用民族语言要素而生成的风格手段，又不同于使用风格手段而综合表现出来的言语民族风格。

语言的民族风格不是指语言体系本身的特点。语言的民族风格与语言的民族特点是本质不同的两种语言、言语现象，不能把汉语体系自身构造的特点看作汉语言的民族风格，但二者又有着非常密切的关系。语言的民族特点为语言的民族风格的形成提供了重要的物质基础和必要条件，因为民族风格的表达手段主要是从语言的民族特点引发而来的，或者说是运用和产生了的某种民族特点的结果。例如，汉语有自身的语音语调，产生了韵脚协调、平仄有致的特殊风格，以词汇中单双音节的不同创造了"四字格"、对偶、顶针等极具特色的表现形式，构建出多种多样的常式句和变式句，将民族语言的魅力发挥到极致。将这些形式巧妙地用于特定语体的话语中，就能体现出鲜明而优美的汉族韵味。运用语言创造语体风格，如果离开了本民族语言结构的特点和独特的美感去追求语言风格美，就不会结出具有乡土气息和民族风味的果实了。

2. 汉语言民族风格形成的文化导因

（1）物态文化根基

物态文化是指人改造自然界的物质生产活动及其产物，它具有获取与创造的功能，是整个文化系统的基础和发展动力，同时有着具体可感的存在形态，如衣食住行的文化；还指与人们生活十分密切且经过人们创造或融入思想感情的自然物，如园林、山川、河流、动植物等所表现出来的文化。存在决定意识，在语言中的表现就是先意后词。词不能凭空而发，必须以物为根，即先有物态文化，才有表现物态文化的语言表达手段。因此说物态文化是语言民族风格的根基。中华民族特有的物态文化非常发达，由于反映特有物态文化的需要，汉语便产生了丰富多彩的属于特有物态文化范畴的语言手段，如桂林米粉、马蹄糕、烧卖、云吞、烤羊排、东坡肉、中山装、唐装、旗袍、马褂、长衫等。它们都是汉语以物态文化为根基的语言手段，是中华民族利用自然条件而创造出来的有形实物的语言文化成果。它们或为名词术语，或为熟语，或变异作修辞格，但都有鲜明的民族色彩；它们或庄重典雅，或含蓄蕴藉，或简明朴实，或流畅华美，可作为展现汉语言民族风格的重要手段，用于各种语体，生成各种表现风格。

（2）制度文化背景

制度文化是指渗透了人的观念的各种社会制度以及有关各种制度的理论体系、行为方式及礼仪风俗，是人们规范自身行为和处理个人与他人、个体与群体关系的准则。语言风格作为人们运用语言而生成的格调气氛，也必然会受到制度文化的影响和制约。在汉语里，很多风格手段都是在制度文化的背景下生成的。它们无论是体现政治文化、经济文化、教育文化、婚姻文化还是民俗礼仪文化，也无论是直用本意还是变异引用申义，都有民族特有的文化信息和风格信息，可作为呈现汉语言民族风格的表现手段。

（3）精神文化导因

精神文化是指人们改造主观世界的活动方式及其产物，包括思维方式、心理状态等。它处于文化系统的核心地位，对人们的言行举止起着指导作用。诸多汉语言民族风格手段都是在精神文化的指导下生成的，它们生成的文化导因都是汉语言的精神文化，是展现汉语言民族风格的常见手段。

（二）汉语言的时代风格

1. 汉语言时代风格的文化含义

汉语言的时代风格是汉族在同一时代文化因素的指导下，运用汉语言的各种特点而呈现出来的风貌格调。它是汉语言民族风格的"时代变异"语言，是一种主要由时代的物质文化、制度文化、精神文化和语言文化因素形成的风格类型。在时代发展的历程中，同一民族的人在运用语言时都会受到当时社会环境和文化背景的制约，这使得语言的规定性和稳定性被体现出来，同时代的文化风貌都趋于相近；不同时代的人们在物态、制度、精神文化等方面都有差异，这些差异反映到语言文化运用上，便会呈现出不同的时代风格。

2. 汉语言时代风格形成的文化导因

（1）物态文化导因

物态文化是语言产生以及对其运用所生成的语言风格的物质基础和动力。物态文化是一个系统，但不是一朝即成的。它是在人类社会历史进程中逐渐形成的，又随着社会时代的发展变化而发展变化。任何一种物质文化现象都无不脱胎于特定的时代土壤，从而带有特定时代的特点。为适应具有时代特点的物态文化的需要而运用语言所生成的风格，必然烙有特定时代的印记。

（2）制度文化和精神文化导因

制度文化和精神文化也会影响语言风格的生成和发展变化，是语言时代风格生成和发展的指导性因素。中国原始社会早期是"狩猎游牧，群居杂婚"的母系氏族社会，后来畜牧业和农业经济逐渐代替了狩猎经济，游牧生活逐渐转变为定居生活；男子与妇女劳动的比重发生了变化，男子的经济地位逐渐提高，人们的思想意识、价值观念、心理状态都发生了变化，母系氏族社会逐渐转变为父系氏族社会。基于此制度文化和精神文化导因，汉语中产生了不少蕴含着原始社会制度文化和心理文化的语言现象。

三、汉语言的地域风格与流派风格

（一）汉语言的地域风格

1. 汉语言地域风格的文化含义

汉语言的地域风格早已存在，但人们对其研究甚少。王德春主编的《修辞学词典》给"乡土风格"下了定义，概述了其形成的语言基础："乡土风格是言语作品中所表现的地域特征的综合。乡土风格的形成以方言的运用为基础，各种方言作品、民间文学具有相应完整的地域风格……在使用标准语的言语作品中，由于表述的需要，有规律地使用方言的词汇、语法结构等，也会带有乡土风格。"郑颐寿主编的《文艺修辞学》论述了"什么是文艺修辞的地域风格""文艺修辞地域风格的表现"。

借鉴传统的地域文学风格论与现代语文学家、修辞学家、史学家的研究成果，我们认为语言地域风格是语言民族风格的地域变异，是同一地区的人们在地域文化和自身个性文化的指导下运用地域语言的特征综合呈现的格调风貌。这个定义包含以下文化含义：地域风格是地域群体的共性风格；地域性是地域风格的本质属性；地域文化是指导地域风格生成的客观因素；语用主体自身的个性文化是指导地域风格生成的主观因素；地域语言是地域风格的物质表现；格调风貌是地域风格的美学升华。

2. 汉语言地域风格形成的文化导因

（1）地域文化

地域文化包含制度文化、物态文化、精神文化等，对形成地域风格起着重要作用。我国地域宽广，地势环境丰富多样，各地区的制度、物态、精神等文化发展水平良莠不齐，自然会形成不同的地域文化。不同地域的人们在生活过程中必然会受到当地地域文化信息的影响，从而在日常生产、语言交际等过程中不自觉地渗入地域文化因素，所以在语言风格上也会出现一定程度的地域特点，如地域文化特点造成了我国南北语言地域风格的不同。

赵树理和老舍都是追求文学语言大众化、中国化的现代卓越作家，但是两人的作品因受不同地域文化的影响，展现的语言风格拥有不同的特色。赵树理出生于山西普通农民家庭，在本地上学、工作，并向劳动人民学习，是三晋文化和山西土地养育出来的地地道道的山西人。他热爱山西劳动人民，热爱三晋文化，热爱山西。因此，他的小说使用的语言风格，把山西的地域特色展现得淋漓尽致。老舍出生于北京，自小受到北京环境和文化的熏陶。他热爱北京，北京地域文化给了他艺术生命，他毕生的艺术追求是写好北京。因此，他的剧本和小说写着发生在北京的事，所用的语言大部分来自北京方言，拥有浓郁的"京味儿"，地域色彩非常浓厚。

（2）语用主体文化

语言使用者自身的个性文化就是语用主体文化，是对形成语言地域风格起着引导作用的主观因素，包含审美追求、性格爱好、文化素养、生活经历、价值观念、思想感情等。就生成语言地域风格而言，地域文化是根本因素，但不是唯一因素。若是唯一因素，那么同一地域文化孕育出来的语言地域风格就会相同或相似了。地域文化对语用者构建语言地域风格有极大的影响，但语用者对其影响有主观能动性。语用者的推介或引导才能实现地域文化在语言地域风格形成中的指导作用。不同地方的地域影响、种类影响、程度影响对语用者的个性文化形成是有很大差异的。语言风格因地而异，又因不同的语用者而有不同的个性表现。语言的地域风格既包含地域文化，也包含语用者的个性文化，是地域文化与语用者个性文化相互融合的结果。

（二）汉语言的流派风格

1. 汉语言流派风格的文化含义

文学流派、文学流派风格以及语言流派风格等密切相连，但它们之间也有不同之处。在一定的历史时期内，文学作家因艺术风格、审美情趣、创作方法、文学观点、思想倾向、政治立场等文化因素相似或相同，而自觉或不自觉形成的文学派别就是文学流派。通常有了文学流派，就意味着有了文学流派风格的展现。文学流派风格是语言格调、表现方法、形象塑造、主题提炼、题材选择、创作主张、审美趣味、文学观念、思想感情等方面相近或相同的作家在文学创作上所形成的、综合展现出来的共同特色、格调风貌，是一种群体文化的文学风格体现。例如，我国古代文学史上的桐城派、公安派、江西诗派、高岑派、王孟派，现代文学史上的新月派、现代评论派、鸳鸯蝴蝶派、创造社、文学研究会等都在各自流派文化的指导下形成了自己的文学流派风格。

相同流派的作家有共性风格，也有个人风格，以个人风格为基础逐步形成了共性风格。文学的语言流派风格来源于文学流派，同一个文学流派在语言文化的运用上有共同的特点。从作家语言风格的共性角度而言，形成风格体系时可以说是语言的流派风格。文学流派风格中最重要的组成部分是语言的流派风格，其从属于文学流派风格，但又与文学流派风格有所区别。从文艺学的角度而言，不同的文学流派在各自流派文化的指导下，所创作的文学作品展现出的文学格调风貌是指文学流派风格；从语言学的角度而言，不同的文学流派在各自流派文化的指导下，所创作的文学作品展现出来的格调风貌是指语言流派风格，它是与语言地域风格、地域文化相关的，源于时代文化、民族文化，受语体风格规范、时代风格、语言民族风格影响的群体性风格现象。

2. 汉语言流派风格形成的文化导因

（1）流派文化

文学流派成员的语用观、审美观、文学艺术观、哲学观、人生观相似或相同的文化因素是指文学流派文化，它对形成语言和文学流派风格起着指导作用。从古至今，形成我国各种语言和文学流派风格的原因是流派文化的差异。例如，"文采派"的曲辞格调瑰丽，运用雅语较多；"本色派"的曲辞格调朴实，运用口语较多。这些差异的出现是由不同的流派文化所导致的。新月派是现代文学史上著名的文学流派之一，从徐志摩开始非常讲究格律，之后陈梦家等仍然坚持在追求格律的道路上前行。

（2）流派成员的个性文化

文学流派的形成总有相同或相近的流派文化基因存在，一般也有共同的文学流派风格和语言流派风格。但流派各成员的文化观并不完全一致，而是有着个人的风格特点。例如，清代著名的文学流派——桐城派，其主要成员方苞、刘大櫆、姚鼐都进行古文创作，他们的古文创作既与明代七子派"文必秦汉"的语言格调有别，也与明代唐宋派的模仿唐宋文的开阖首尾、经纬错综之法有异，但各人的见解不尽相同，语言格调各有特色。方苞提出"古文义法"，重在文以明道，根据这个要求来取材谋篇，所以法随义转。刘大櫆提出"因声求气"，认为写古文重在文、讲神气，即讲求古文的艺术性；同时认为作品能够表达神气，就是具有自己风格的作品，就是具有艺术的作品，就是成功的作品。历史上同一流派的成员，个性文化不尽相同而导致个人风格不完全一致是一种普遍现象。因为实际上，文学流派风格和语言流派风格都是共性风格和个性风格的融合现象，其生成和发展变化的动因是流派共性文化和流派成员个性文化的统一。因此，要想正确认知和解释文学流派风格和语言流派风格生成发展变化的根源，揭示其语用文化的规律，就要既着眼于流派的共性文化，又着眼于流派成员的个性文化，不能有所偏颇。

四、汉语言的个人风格

（一）汉语言个人风格的文化含义

汉语言的个人风格是一种在主客观因素制约下由个人文化因素形成的个性风格，是个人创造性地运用本民族语言的各种特点综合呈现出来的格调和气氛。这个定义包含的文化内涵如下。

（1）主客观文化机制相互融合而生成的独特的个性风格是语言个人风格，它在言语作品和个人言语活动中广泛存在。

（2）时代、民族、语体等风格是语言个人风格的基础，但其本质是个人文化因素。

（3）每个人因文化因素不同，所以写文章或说话时的风格也不同，有鲜明程度高低的区别，有定型和不定型的区别，语言个人风格越独特、显著、鲜明、定型，语言个人风格就会越独特、鲜明，这是使用语言成熟和语言修养高的标志，是让言语作品的思想内容能够被完善表达的一个重要条件。

（4）语言个人风格是语言文化的表现风格，是个人创造性地综合运用语言文化风格手段的美学形态的升华。

（二）汉语言个人风格形成的文化导因

汉语言的个人风格是文化复合体，既蕴含着客观文化或外部文化元素，也蕴含着主观文化或内部文化元素。前者是基础部分，后者是本质部分。它生成的导因既有共性文化因素，也有个性文化因素，而个性文化因素是体现特质的因素，是使不同的语言风格相互区别的根本性东西。语言修养较高者的文学语言是有个性的，而个性构成了他们各自的独特风格。优秀作家写文章和创作文学作品时，总是努力追求独特的个性。

秦牧在《花城》的后记中就明确表示："我在这些文章中从来不回避流露自己的个性，总是酣畅淋漓地保持自己在生活中形成的语言习惯。"峻青也说："我一生追求创造有自己风格的优美的语言，也就是要有自己的朴素美。"具有独特语言风格的作家所运用的语言都有鲜明的个性，这是因为他们的个性文化不同。个性文化包括思想意识、心理状态、价值观念、性格、生活经历、兴趣爱好、审美情味等。在这些因素的指导下，个人运用风格手段构思的话语，展现的格调气氛，会呈现出鲜明的个性。这一点可以用富有语言修养的作家作品佐证。伟大的作家，在不同的历史时期，由于个性文化发生变化，语言个人风格也呈现出不同的特点。由于个人文化因素不同，即使是在同一民族、同一时代、同一题材，甚至面对同一题目，不同作家的作品中也会体现出不同的个人风格。同一民族、同一时代、同一流派甚至同一流派的父子、兄弟作家的作品，由于个性文化不同，也会在共性的基础上呈现出独特的个性。

第三节　汉语言的文学特征

文化是一个国家维持社会文明和民族发展的最主要力量，无法与文化兼容的发展是不可行的。我国的汉语言文学具有传承传统文化、弘扬历史精神的重要作用。汉语言文学的特征主要有以下三点。

一、丰富的体裁

中华文化五千年的传承与发展，使汉语言文学诞生了多姿多彩的体裁。传统汉语言文学的体裁包括诗歌、词曲、赋、散文等。进入现代后，汉语言文学的体裁更加多元化，也更贴近人民的生活，包括小说、散文诗、影视剧等。《诗经》是我国历史上最早的诗歌集，涵盖了多种题材的内容，映射了中国古代周朝时期的人民生活和社会背景。其中以四言诗的格式居多，修辞手法多有反复，表现了周朝整体的诗歌创作模式。楚辞和乐府诗的兴起紧随其后；楚辞源自楚地民歌，主要以屈原为代表，展现了当地的历史风物；而乐府诗的叙事性更强，将对社会现实的描述加入诗歌之中，有更实际的现实主义思想。随着朝代的更替、时代的更迭，我国诗歌的体裁和内容都逐渐丰满。例如，唐诗、宋词、元曲等都是传统汉语言文学的精华。

二、显著的阶段性

我国的历史文化源远流长，历经了无数次改朝换代，而汉语言文学也随之不断更新迭代、得以发展。不同朝代呈现出的文学文化不尽相同。在今天看来，这些文学作品都体现了历史上不同阶段的文学风格和社会风气。诗歌一直是中国文学中的经典，古代中国诗歌发展最鼎盛的时期就是周朝和唐朝。周朝的代表作是《诗经》，成书时间约在春秋时期，其中描写了古人对爱情、战争、民俗等多方面的观点，有305篇之多。而到了唐朝，诗歌的内容和形式都得以发展创新。与《诗经》不同，唐诗以五言诗和七言诗为主要体裁。唐诗是我国最宝贵的历史遗产之一。我们可以看到唐朝社会各个层面的生活、生产轨迹。唐诗在逐步发展的过程中衍生出了多个派别，如田园派、边塞派、浪漫派、现实派等。不同派别下的诗歌内容也大不相同，但都表达了诗人自己的真情实感。唐朝之后，中国汉语言文学又进入了崭新的发展期，文学的体裁也开始发生变化。不久之后进入宋朝，宋词逐渐发展壮大。宋词在中国历史上的成就也很高，可与唐诗并称"唐诗宋词"。宋朝的主要代表词人有苏轼、辛弃疾、李清照等。之后的文学体裁又有元朝的戏曲和明清的小说。以上种种文学体裁的出现都和时代的变换有着紧密的联系，也证实了汉语言文学的阶段性。

三、独特的文学流派

汉语言文学的核心在于其作品中都带有作者的情感寄托，是作者内心的真实写照。在唐朝，王维、孟浩然等山水田园派诗人以山水景致为主，诗风淡然悠远，表述了他们对田园山水之乐和隐士生活的向往；王昌龄、高适等边塞派诗人的诗作中则着重描绘了边塞的苦寒生活和战争的残酷，诗风悲切浑厚。到了宋朝，婉约派和豪放派出现。婉约派的词作尽显诗人的柔婉情怀，多数描写儿女情长，代表人物有李清照、柳永。而豪放派则是主气势浩荡、词句豪爽，代表人物有苏轼、辛弃疾。我国传统文学中产生的多种文学流派在各个时代都引领了当时的文学潮流，推动了汉语言文学的进步，对中国汉语言文学的繁荣发展起到了重要作用。

第二章　汉语言的相关研究

第一节　汉语言文字研究

一、文字的产生

（一）文字与语言的关系

文字是用以记录语言的一套书写符号系统，同时也是人际交往中最重要的辅助工具。语言产生在前，文字诞生在后。文字是社会发展到一定阶段的必然产物，是语言突破时间和空间的关键要素，文字的诞生使语言的传承得到延伸和发展。文字被人发明出来并熟练运用后，书面语言才出现，而书面语言正是人类文化代代相传的基本。由此可见，文字的诞生可以被视为人类进化历程中开始脱离野蛮状态、进入文明社会的重要节点。纵观古今，世界上曾有无数的民族拥有自己独特的语言系统，却并不是每一种语言都有相应的文字作为支持。没有文字的语言，要想传承是十分艰难的。直到现在，还有一些小型的部落和民族没有创造出自身民族语言的文字，也因此始终是落后于世界的。

（二）文字的诞生历程

每一种文字系统的诞生都不是一蹴而就的，必然会经历一个漫长而曲折的发展过程。以汉族为例，在汉字形成之前，汉族的祖先基本上都是依靠如结绳、结珠、刻契等烦琐又笨拙的手段帮助自己加强记忆，从而应对交际需求的。

随着社会的进步和文明的发展，实物记事逐渐显现出它的落后性，越来越不能满足人们的交际需求。于是，经过一番曲折的探索之后，古人记事和表达思想终于进入了一个高级阶段——文字画阶段。这里我们不能草率地将文字与文字画画上等号。文字画不是真正的画作，所以其并不会过分注重绘画的艺术性，只是粗略地记录下当时场景中发生的事情的大概意思，无法对具体内容做出详细而正确的记载。因而文字画不能算作文字，只能被视为文字的发展本源。世界各地保存的原始壁画就是文字画的代表，其大多具有文字画的性质。

可以说，真正意义上的文字是在文字画阶段之后诞生的。因此，许多专家学者都认为文字很可能起源于图画。文字的创造充分体现了劳动人民的勤劳和智慧，他们的贡献和事迹借着神话传说流芳百世。

二、汉字的发展

根据我国许多专家学者对汉字的钻研和探索，目前可以认定的结论是：中国最早的文字来源就是图画。在许多汉字及其演变历程当中，我们都可以隐约看到与其释义相似的图画的影子。原始人通过临摹自己生活中的所见所闻，将其记录下来并传承下去。在一代代的传承中，这些图画慢慢演变成一种"表意符号"。

在"表意符号"的基础上，大约在公元前 14 世纪，终于出现了相对来说已经定型的文字——甲骨文。在学术界，甲骨文被普遍认为是汉字最初的书写形式。到了西周时期，古人开始对青铜器情有独钟，将文字刻在青铜的钟鼎和石鼓上，这就形成了一种全新的文字——大篆。因为大篆都记录在钟鼎和石鼓上，所以大篆字体在现代亦有钟鼎文和石鼓文之称。现如今，故宫博物院内就存有 10 面秦国的石鼓，上面刻有 10 首四言诗文。因为西周时期封建割据，各自为政，所以记录的文字也不尽相同。一直到秦朝，秦始皇一统华夏，实行书同文、车同轨，创建了统一的官方字体——小篆。这个时候的文字，几乎已经没有象形文字的痕迹了。

到了汉朝，出现了"蚕头燕尾"的波折之笔，这种笔画书写起来轻松自如，于是使用小篆的人越来越少，名为"隶书"的字体开始盛行。西汉时期流行的隶书被称为"汉隶"。在汉隶流行的同时，楷书正在悄然萌芽。在魏晋南北朝时期，许多文人墨客都喜欢采用楷书。在唐朝时期，楷书更是盛行于世。

楷书由于比较工整，书写起来颇费工夫。于是文人墨客和书法大家将书写简便迅速与情感表达直白结合起来，创造出"草书"这一富有艺术色彩的字体，情感流于笔端，气势斐然。介于楷书的规整和草书的豪放，行书书写更加流畅，也易于阅读。

到了宋朝，活字印刷术应时而生。在此时代背景下，宋体成为当时书面文字的主流字体。宋体最早产生于北宋，脱胎于楷书，又有肥体和瘦体之分。可无论肥瘦，都是横细竖粗，透露出一股古朴端庄的韵味。在宋体的基础上，一些书法家又创建出一种仿宋体，这种字体很快就成为人们最喜欢使用的一种规范字体，并在各种不同场合得到了广泛使用。随着印刷业的发展和阅读需求的改变，醒目大方的黑体得到了无数人的青睐。使用黑体的文字笔画粗细一致，且没有笔锋的尖锐部分，整体醒目有序，阅读更加容易。基于黑体的表现特征，现代常将其用于书写标语、题目等。这些不同字体的产生，为推动汉字的多样化发展提供了助力。

中华人民共和国成立以后，字体以艺术的形态分化为更多种类。例如，综艺体、浮云体、变体等，极大地丰富了汉字的表达方式。这是汉字发展的必然结果，也是祖国文化繁荣的具体表现。汉字经过几千年的演化，其形状和形态都发生了巨大的改变，并以稳定、规范的形式为主要发展趋势。在汉字的历史中，小篆使汉字的笔画数目得到稳定，隶书使汉字的笔画形状得以规范，楷书则将上述两种汉字的关键因素都规定在一定范围内，"横、竖、撇、点、捺、挑、折"的汉字基本笔画也是这时被确定的。在字形和字体得到确定的过程中，笔画与笔顺自然也规范化了。汉字的诞生，对周边国家产生了深刻影响。日本、越南、朝鲜等国家的文字都是在汉字的基础上创建的。

我国的汉字是一种科学完善的文字形式，在世界文字体系中有绝对的独特性。它适用于不同的时代与地域，其包容性也十分优越，真正做到了贯通古今、达益八方。汉字的发展历程漫长，在我国几千年的文化历史中，从以形状为主的甲骨文开始，到笔道短粗的金文，再到有独特风格的篆书、隶书、楷书，在这个过程中许多字的样貌都发生了改变，但也有一些字的变化很小，如日、月、山等。中国汉字经历了由图形到笔画的转变，由象形到象征的发展，由繁琐到简单的优化，这些都是中华民族在社会与时代发展中凝聚的智慧结晶。汉语言具有超越时空的独特优势，现代汉语言囊括了诸多地区的方言，例如闽粤方言、川陕方言等，虽然口语读音不同，但落于纸面时都是统一的汉字。

汉字的出现在历史中起到了很大的作用。全世界大部分国家和民族的文字在创造之初都借用了其他民族的语言文化，而不是凭空产生的。例如，蒙古的蒙文字母来自回鹘文，西藏地区的藏文则源起于梵文，我国维吾尔族的语言文字出自阿拉伯文等。然而，汉字作为中国的通用文字，在诞生之初就完全是由中国人民自主创造的，并在长达数千年的发展历史中始终保持独立的姿态，不受外来文化的影响，坚持民族文化的传承发展。

但是汉字也同样面临着挑战。迄今为止，汉字的初始形态已经完全被改变，许多简化后的汉字几乎失去了其原本的意义，如象形字不象形、一部分形声字没有标音能力等，这给我国现代人的汉语言学习带来了一定的阻碍。从全球现代化的角度来看，在信息化的时代背景下，汉语言也需要兼顾文字信息化和传统文字传承两方面进行发展，这是人类语言发展中一次崭新的语言文字革命。

三、汉字的特点

（一）汉字是平面型方块文字

汉字的结构整体是方块字的形式，书写时需要将不同的笔画整合起来，按照规定的顺序和组成结构完成，虽然汉字的数量繁多复杂，但不管多么复杂的汉字，书写的笔画都会被有序的分布在一个平面型的方框里。在外观上或视觉上，汉字给人最明显的特点就是平面型方块文字。

（二）汉字是表意文字

汉字是"讲理"的，这从汉字的外形和释义之间的联系中就能看出。许多汉字的构造都不是凭空捏造的，一些汉字通过字形就可以大概联想到其含义，如"门、闩、口、山、火、刃"等；一些汉字的含义通过观察它的结构组成进行了解，如"炎、森、淼、从、明、泪"；还有一些汉字通过偏旁部首就可以分类，如"江、海、湖"都与"水"相关，"杨、松、桦"都与"木"相关，"银、铁、镁"都与"金"相关。

根据汉字字形、字音、字义相统一的特点，可以将它称作表意文字，其以形状表示含义的特征十分鲜明。现代汉字经过简化，这种特征的表现力相对弱化了。而古代汉字的表意特征更明显。古代汉字是由象形符号或抽象符号构成的，这些符号大多和汉语中的语义有一定的联系，从而使字形本身具有了显义价值。随着时代的发展，汉字也在不断变化。时至今日，汉字字形的符号性越来越强，字形显义的特征则越来越弱。尤其是经过简化后，许多汉字的形、音、义之间的理据要追溯到它们的古代字形才能清楚地看出，甚至还有许多汉字已经很难或者根本无法看出字形和字义之间的联系了。

总之，汉字在不断发展的过程中已经发生了巨大的转变，古代汉字的表意特征到现代几乎消失殆尽。换言之，现代汉字已经不是完全的表意文字了。

（三）汉字是记录音节的文字

音素文字是用字母记录语言读音中表现出的音素的一种文字，而音节文字是一种以音节为单位的文字。在汉字系统中，字形和音节联系紧密，单个汉字就可以记录一个音节。

然而，汉字虽有记录音节的功能，但却并不是音节文字。一个音节文字只能代表一个音节，同时一个音节也只能以一个文字来代表。使用音节文字的地区，通常在其语言系统中包含的音节数较少，因此文字符号也不多。我国的汉语言系统中有多达上千的音节、上万的汉字，音节与汉字并不能做到完全对应。汉字记录的语音单位虽然是音节，但与音节文字不同。音节文字中的文字符号只表示一个音节，一个音节也只用一个文字符号来表示。使用音节文字的语言中，音节总数不多，文字符号总数也不多。现代汉语普通话中带声调的音节总数则不少，有一千几百个，而汉字总数更多，有好几万个，音节跟汉字并不一一对应。其中，一个汉字可以表示几个不同的音节，如“和”可以表示“hé、hè、hú、huò、huó”五个音节。一个音节也可以用几个不同的汉字来表示，如“hé”这个音节，可以用“和、合、何、禾、河、荷、核、盒、涸、颌”等汉字表示。注意单独一个汉字代表单独一个音节的现象很少见。

现代汉字在不同地区的读音也有所不同，北方地区的人们会在某些汉字的读法中加入儿化音，进而产生一种特殊的文字与音节关系：两个汉字代表一个音节。例如，“鸟儿”“花儿”等写下来是两个汉字，读音却是一个音节。

（四）汉字记录汉语不实行分词连写

用音素文字记录语言，一般是自左向右或自右向左横行展开，单词与单词之间留有空隙，即分词连写。汉字在书写时字与字之间虽然留有一定间距，但是整体句式之间是没有明显分隔的，如汉语句子“他是我们很要好的朋友”。我们很容易看出，这个用汉字记录的句子有 10 个汉字，而这句话共有多少个词就很难在书写形式上加以分隔了。

因汉字中同音语素或同音词之间基本不会相互影响，所以汉字词汇的书写不需要进行分割定型，也就无须实行分词连写。

（五）汉字数量多、字形复杂

中国汉语言中的语数含量较多，因汉字是记录语素的表现形式，所以汉字的数目也非常多。从三千年前出现的甲骨文，到现代的简体汉字，汉字的总数已经多达九万个，我们日常使用的汉字数量也有 3000～7000 个。从这样巨大的数字中，可以看出我国汉字的构造形式是非常多样化的，每一个汉字都有自己的构成类型和形态区别，这也是汉字呈现出结构复杂多变特点的原因。而音素文字的字母对应的是音位，一种语言的音位数目是有限的，这样音素文字的字母数目也是有限的，如英文字母只有 26 个、俄文字母只有 33 个，而且字母本身的内部结构和外在形体都较为简单。

（六）汉字具有一定的超时空性

汉字跟语音之间并不存在直接联系，相对而言跟意义的联系更加紧密，这就令汉字具有一定的超时空性。经过历史长河的洗礼，汉字在古代的语音、读法虽然已经与现代截然不同，但其字形的改变并不很大，因而汉字的字义也没有过多的改变。正因如此，掌握了一定数量汉字的人对于上古或中古的文献中出现的部分古汉字也能看懂或者揣摩其义。这一点就是汉字跟音素文字之间的不同之处，音素文字由于记录的是语音系统中的音位，语音系统发生变化，拼音字母必然会发生变化。所以后代的人不经过专门的训练，就很难识读前代的文献。从这个角度来说，汉字作为语言系统的一部分，实现了对中国古代文化的传承。

在空间层面上，汉字的读音并不影响汉字的写法和结构，因此即便不同地区对同一个汉字的读音不同，含义也是相同的。我国地域广袤，方言种类众多，不同地区的人口头交流存在困难，可写成汉字就能够彼此理解。如果是音素文字，语音系统差别太大，无论口头还是书面都难以交流。这样看来，汉字在一定程度上具有了超方言的特性。

第二节　汉语言词汇研究

一、词汇的定义和特点

（一）词汇的定义

词是语言中一种音义结合的定型结构。而将所有词聚集在一起，加上固定的短语，就称作词汇，也叫语汇。词汇在语言系统中有着支撑的栋梁作用，人们常用来交流沟通的句子都是由不同的词汇排列组合而成的。

词汇作为语言系统中重要的组成部分，是语言使用过程中对社会生活的直接反馈，也是语言发展的具体体现，代表了人们对待世界上各类事物的客观思想和认知。词汇的数量和种类与语言的表述力呈正相关，词汇越丰富，语言的表现力就越强。从个人的角度而言，词汇量与其自身的学识、阅历紧密相关。词汇来源于生活，生活中信息的获取量决定了词汇量，提高社会关注度、增加阅读时间、利用媒体资源都是获取信息和词汇的良好方式。

词除了本身具有语音形式之外，还含有具体的意义，包括词汇意义、色彩意义以及语法意义。词更多地表现为一种定式的结构。在读音不同的情况下，一个词的含义会发生改变，这也是词的完整性的体现。因其定式的特征，词的语音和语义足够稳定，基本不会发生改变。词的结构则表现为词并不是单独存在的，而是由多种成分和元素组成的。从词的语音层面来说，组成词的有代表音位的音素构成的音节，而不同数量的音节则会组成不同的词；从含义和内容的角度来看，词是根据相应的语法构造将词素相互结合而成的。由此可见，词从语音、词素、含义等多方面都表现出了自身的整体性，同时具有完整的内部结构，因此被称为一种定型的结构。

词具有独立性。词是语言系统中独立的个体单位，在语言中的应用是不需要特殊条件的。人们在使用语言进行沟通时，会根据自身要表述的不同含义组建不同的句式，并按照语法规则选择合适的词构建语句。就语句表达来说，词是可以被单独使用的。在语句表达中，部分词单独出现无法拥有明确完整的含义，例如

"很""只""再"等词。但我们可以将这些独立加入句子中，成为一句话的关键组成成分。

词是最小的、不可分割的整体。它必须表示一个独立而完整的意义，这个意义是特定的，比如某种特定的事物或现象。词的意义虽然是确定的，但我们不能将其单纯地判断为组成成分的总和。基于这个特点可以明确词具有不可分割的性质，一旦将其分割，原本的词义就会消失，或者转变为完全不同的词。

（二）词汇的特点

1. 构词语素以单音节为基本形式

语素是语言的最小单位，也是构词的最小单位。在汉语中，单音节语素占绝大多数。在口头上，一个单音节语素指的是一个带声调的音节；而在书面上，它则是一个汉字。但它们都是语义的承担者。汉语的单音节语素有两种存在方式：一是独自构成单音节词；二是与其他语素或词缀相结合，构成合成词。

双音节和多音节语素始终是少数，它们构成的基本都是古代汉语遗留下来的联绵词以及各个时期音译的外来词。

2. 构词方式以词根复合为主

一般语言的造词方法主要有两种，即"词根＋词根"的复合法与"词缀＋词根"或"词根＋词缀"的派生法。汉语造词方法以复合法为主，派生法为辅，并且表现出以下几个明显的特点。

第一，有意义的单音节语素差不多都能充当词根语素。

第二，复合词的构造与短语及句子的构造基本一致，用得最多的是并列、偏正、动宾、动补、主谓这五种组合方法。

第三，完全虚化（即不表示任何词汇意义）的真正词缀非常少，只有为数不多的几个，所以真正的派生词数量也不多。

3. 以单音节和双音节为基本音节形式

汉语词汇一个最重要的发展趋向是单音节词的双音节化，这既显示了汉语音节节奏的整齐美，又反映了汉族的一种审美心理，另外还有效减少了单音节词的同音词多和多义词多的现象。所以古往今来，有大量的单音节词已被双音节词替代。其常见方法主要如下。

第一，意义相近、相关或相反的单音节词并列成词，如"语言、手足、窗户、高低"等。

第二，添加词缀或"准词缀"，如"老师、狮子、学者、同化"等。

第三，添加修饰或限定语素，如"黄河、春耕、春天、改正"等。

第四，替换，如将"目"替换成"眼睛"、将"惧"替换成"害怕"等。

第五，重叠，如"微微、纷纷、舅舅、星星"等。

此外，词汇发展中的双音节化取向还表现在以下方面。

第一，保留大量古汉语中的双音节词，如"俸禄、惆怅、典范、遵循"等。

第二，把一些多音节短语或词进一步缩减为双音节词，如"整风、扫盲、花生、机枪"等。

第三，新生词语以双音节为多，如"电脑、手机、蚁族、房奴"等。

双音化的结果，是现代汉语中的双音节词占了绝对的优势。但这只是就数量来说的，如果就词的使用频率来说情况则有所不同。《现代汉语频率词典》中显示，在使用频率最高的100个词中，双音节词只有15个，在前50个高频词中，双音节词只有3个，分别是"我们"（第21位）、"他们"（第41位）和"自己"（第50位）。特别是在日常口语中，那些超高频和高频词均以单音节词为多（"买"与"购买"、"走"与"行走"）。所以，如果对现代汉语词的音节形式分布及其使用特点作一个较为准确的表述，则应当是单、双音节并重。

二、词汇的分类

对于现代汉语词汇的分类，国内学术界最为流行并被作为比较成熟的词汇学研究成果编入现行各种现代汉语教科书的是关于基本词汇和一般词汇的分类。

（一）基本词汇

基本词汇是词汇中的主要部分，其包括的词叫作基本词。

1. 基本词汇的特点

（1）全民性

人们在日常生活中使用最普遍的词就是基本词。基本词的使用不区分阶级，且与文化程度无关，表达的都是最基本的概念。

（2）稳固性

人们使用基本词汇表达的含义都是必须或长期存在的事物或现象，基本词汇也因这些事物而长期存在，体现出稳固性的特点。因基本词汇并非一成不变，其稳定性不是一定的。

（3）能产性

根据基本词能够构建出诸多新词，其构词能力就体现出它的能产性。例如以"大"为基础，人们已经构建的词数就有约 400 个。构词能力的强弱是因词而定的，也有部分基本词的构词能力较弱。

2. 几组重要的概念

词汇的核心是基本词汇，基本词汇的核心则是根词。根词是基本词汇中构成新词的能力很强的词，如"天、地、山、水、人、大"等。

为了进一步理解根词，我们需要区分以下两组概念。

（1）根词和基本词

基本词中具有构词能力强且能被独立使用特点的词可作为语素组建合成词，这些词被称为根词。根词源自基本词，但比基本词构词能力更强。基本词并不是都具备较强的构词能力，例如虚词和代词。

（2）根词和词根

根词的主要特点在于它的构词能力强，而这一点使它与构词法中的词根相关联。当根词在语言表达中无法成为具有独立意义的词时，将成为语素并与其他语素共同组建合成词，即转变为词根。但反过来词根却不能保证同时是根词，这是更复杂的一点。

部分词根作为语素即便能够展现出构词能力，却无法成为词，因此这些词根不能成为根词。还有部分词根具有成词的能力，本身也是成词语素，但缺乏构词能力，且普遍性弱，也无法成为根词。只有既能成词又能构词，同时具有普遍性的词根才可以成为根词。

根词和词根在概念的定义上就是不同的。根词是根据词汇系统的概念定义的，由基本词引申而来，并区别于一般词。基本词汇是根词的来源，根词作为其核心组成部分存在。而词根是根据合成词的内部构造定义的语素，且是合成词内部的核心语素，区别于词缀。

（二）一般词汇

在语言系统中，与基本词汇相对的是一般词汇。基本词汇与一般词汇通常是相辅相成且彼此影响的。一般词汇根据成分定义的不同可分为多种类别，包括古语词、外来词、借形词、专业词语等。

1. 古语词

古语词来源于古代汉语，指的是古代常用或者出现过，但在现代使用频率低，仅出现在固定场合和情景中的词。

古语词所代表的并不是现代已经彻底不再使用的古代词语，同样也不是现代普遍使用的古代词语。汉语言作为我国历史中的璀璨瑰宝，其中包含着我国的文化演变历程和文明的代代相传，历史上存留下来的文献、记载都是现代汉语存在的前提和今后发展的基石，为现代汉语词汇的丰富提供了来源。

古语词包括历史词语和文言词语两种。

（1）历史词语

历史词语是指现代生活中不存在，但在历史上有所记录的词语，包括古代特有名词和神话中出现过的事物名称，例如"鼎、井田、宰相、夸父"等词。

现代对历史词语的使用频率不高，通常出现在对历史进行阐述时，比如与历史相关的学术书籍中。还有一些历史词语被赋予了现代意义，用作比喻，例如现代常见的独生子女被比作"小皇帝"。

（2）文言词语

文言词语是指古代曾经使用过，且其指代的对象到今天仍然存在的词语，只不过现代汉语中对这些事物或观念已经用新的词语替换，例如"尚、民、父、谓、乃、之、乎、者、也"等词。

文言词语与历史词语的区别在于，文言词语与现代词语可以互为翻译，是相对应的，而历史词语则不具备这一特点。文言词语因其书面特性，具有规范化的古典汉语特征。

在不同的环境和场合下，古语词的合理运用不仅不会使人产生突兀的感受，还能够在情感表述上更加得体，达到更好的效果。例如，在创作文学作品时加入一定的古语词，其风格则呈现出古典、婉转的情调；而当古语词被应用于科技语体中，通常会使其表述更加简洁；在贺电、唁电等正式声明中运用古语词，可显示庄重、肃穆的气氛。

2. 外来词

外来词指的是本民族外语言中出现并经由本民族吸收转化成普通话的词。外来词转化为汉语后，其原本的读音、语法等会被适当改变，以更适应汉语的语言习惯。

使用外来词需遵从以下三点：第一，吸收外来词时基础方言和非基础方言都涉及，应优先采用基础方言；第二，外来词的转化尽量采用意译的形式；第三，当外来词转化采用音译时应注重其通用形式。

3. 借形词

借形词又称"形译词"，指的是形、义都和原词相同，只是读音有所改变的词语。近代以来，汉语对这些词语往往是"连形带义"一道借用，读音却采用汉语读音。

4. 专业词语

专业词语一般是指行业专用词语或科学技术专用词语，可概括为行业用语和专业术语。虽然专业词语在日常生活中不常见，但现代部分专业词语产生了引申含义，因而成了一种社会通用词。

三、词汇的构造

词汇是由语素构成的，而语素是如何构成词汇的就涉及词汇的构造。按其构造方式的不同，词汇可分为单纯词和合成词两大类。

（一）单纯词与合成词的概念

1. 单纯词的概念

单纯词是由一个语素构成的词。无论音节多少，只要由一个语素组成就是单纯词，如"山""好""树""摇""二""很""的""了""扑通""蝴蝶""莫斯科"等。

2. 合成词的概念

合成词是由两个或两个以上语素构成的词。无论是词根语素还是词缀语素（当然其中至少有一个是词根语素），只要由两个或更多的语素组成就是合成词，如"报纸""腐败""哥哥""思想""睡觉""提高""自卫""胖子""星星""黑乎乎""白茫茫""计算机"等。

（二）单纯词的语音结构

1. 联绵词

联绵词是由两个音节连缀成义的单纯词，主要包括以下几种。

①双声联绵词。双声联绵词指构成的两个音节的声母相同的联绵词，如"仿佛""鸳鸯""伶俐""蜘蛛""蹊跷"等。

②叠韵联绵词。叠韵联绵词指构成的两个音节的韵母相同的联绵词，如"骆

驼""逍遥""混沌""霹雳""蹉跎"等。

③非双声叠韵联绵词。非双声叠韵联绵词指构成的两个音节既非双声又非叠韵的联绵词，如"葡萄""芙蓉""鹡鸰"等。

2. 叠音词

叠音词是由一个音节重叠而构成的词，如"猩猩""姥姥""侃侃""翩翩""孜孜""冉冉"等。

3. 拟声词

拟声词是指模拟客观事物、现象的声音而形成的词。例如，"嘎吱""知了"就是模拟事物发出的声音而形成的词。单个的音节或者没有意义，或者与原来的意义毫不相干。

4. 音译词

音译词是指模拟外语词的声音形式而形成的词。例如，"咖啡""的士"就是模拟英语词的声音形式形成的词。无论音译词的音节有多长，单个的音节都没有意义。

第三节　汉语言语法研究

一、语法的定义

（一）语法的概念

语言是按一定构造规则组织起来的，语法就是语言的构造规则。例如，在"外国朋友吃比萨"这个句子中，"外国"与"朋友"构成定中短语，"吃"和"比萨"构成动宾短语，"外国朋友"与"吃比萨"构成主谓短语，最后加上语调就形成了句子。这个句子不能说成"比萨吃外国朋友"或"吃外国比萨朋友"或"比萨外国吃朋友"，因为这些说法不符合汉语的语法规则。这说明词语的组合不是任意的，必须遵循语法规则才能明确地表达意思。可见，语法规则对语言表达和语言理解有着非常重要的作用。

语法这个术语，一是指语法事实，二是指语法理论。语法事实是指语言中客观存在的语法规律；语法理论指描写、解释语法规律的理论，即语法学。比如"语言表达要合乎语法规范，学点语法是有好处的"这句话，前面的"语法"指语法规律，后面的"语法"指语法学或语法知识。客观存在的语法规律需要语言研究者去认识、发掘，并对其进行归纳和整理，语法学说是由语言学家创立的。由于语言研究者的研究背景、学术渊源、掌握的材料和观察问题的角度不同，有可能形成不同的语法学说，即语法学理论。这些理论面对同一语法事实，可能会有不完全相同甚至完全不同的解释，这属于语法研究过程中的正常现象。

传统语法把语法分为词法和句法两部分。词法研究词的构成和形态变化，句法研究短语和句子的构成。由于汉语缺乏严格意义上的形态变化，词、短语和句子通常采用同一套结构规则，因而对汉语的语法研究主要在词、短语和句子三个层面上进行。

（二）语法的性质

语法具有抽象性、稳定性和民族性。

1. 抽象性

抽象性是指从具体的语法事实中概括出的语法规则具有抽象的性质。例如，"目击、地震、雪崩"都是主谓式合成词，"看书、讲文明、点燃希望"都是动宾短语，"他把水杯打碎了"和"孩子把衣服撕破了"都是把字句。可见，语法是抽象出来的格式，其舍弃了个别的、具体的内容。现代汉语的语法单位如词、短语和句子不计其数，但是其结构规则是有限的。语法学的任务就是揭示组成词、短语和句子的结构规则，以便学习者以简驭繁，认识复杂的语言现象。语言使用者只要掌握了有限的结构规则，便能创造出无限个词、短语和句子。

2. 稳定性

社会在发展变化，语言也在随之发展变化。与语音、词汇相比，语法的变化相对缓慢，具有一定的稳定性。首先，语法规则具有延续性。像甲骨文中汉语就使用主语在前、谓语在后的格式，如"今日其来雨"，译为现代汉语就是"今天将要下雨吗"，今天仍然使用这种格式。其次，语法规则的替换或消失要经过漫长的时间才能完成。比如"廉颇者，赵之良将也"这种古代汉语的判断句，是名词或名词性短语作谓语；现代汉语的判断句一般要用判断动词"是"，如"廉颇是赵国的好将领"。但古代汉语的这种用法至今还未完全消失，在现代汉语中偶尔还会出现，如"老舍，北京人"。最后，一些新出现的规则要经过很长时间才能普及使用。像"很＋名词"这样的结构一开始出现的时候，人们感到很突兀，时间长了慢慢地也就接受了。一般来说，新语法规则的形成和旧语法规则的消亡，都有一个很长的过程。语法的稳定性是由语言交际的性质决定的，因为短时间内变换一套新的规则将会使人们在语言表达中无所适从，从而不利于交流。

3. 民族性

汉语语法具有明显的民族性。相较而言，英语的数词与名词可以直接组合，汉语一般在数词和名词中间加量词，如"两本书"。汉语的大多数名词没有"数"的概念，只有指人的普通名词加"们"；英语的所有名词都有"数"的语法意义，一般情况下，名词复数加"s"，有的加"es"。可见，两种语言表达语法意义的手段有很大的不同。语法的民族性是由不同民族使用语言的习惯造成的。

二、语法的特点

汉语在语法层面缺乏明确的形态转变，这也是汉语言的重要特征。例如，英语中的"拿"写作 take，当有时态区分时就会发生变化，过去式为 took，现在式为 taking 等。汉语中的"拿"，不论出现在什么位置，都没有形态变化。汉语因这种特性，生成了如下几种特殊的语法构造。

（1）动词和形容词可在句中作为主语或宾语使用，如"坐着舒服""虚心使人进步""我喜欢在海边游泳""女孩子都爱漂亮"。

（2）动词可以直接修饰名词，如"遗留问题""出发地点""分别时间""说话口气"。

（3）名词可以直接修饰动词，如"资格审查""个别交谈""长期休养""低空飞行"。

汉语的句式构造因缺乏词形在不同语法中的变化，所以语序十分重要。例如，词组可以采用主谓结构，主语和谓语的位置却不能颠倒；词组中可出现偏正结构，但却不存在正偏结构。至于句子，由于语用的需要，语序就比较灵活了。比如不但有主语在前、谓语在后的句子，而且有谓语在前，主语在后的句子。

一些语言用形态变化表示的意义，汉语则常用虚词来表示。例如，用介词"被"表示被动，用助词"了""着"表示时态等。

现代汉语中单双音节对语句的影响作用很大，这也是汉语言的一个重要特征，在这种特征的影响下，部分单音节词的使用需要遵从限制条件。例如，当被问到"贵姓？"时，可以回答"姓李"，也可以回答"欧阳"，但不能单说"李"。问日期时，可以回答"五号"，也可以回答"十五"，但不能单说"五"。问地名时，可以回答"沙市""梅县"，也可以回答"天津"，但不能单说"沙""梅"。还有部分单音词不能单独出现在句首，例如"刚刚"两个单音词叠加起来，就可以用于句首，但如果只是一个"刚"就无法直接用于句首。有一些双音词处于句子之中时，其后只能接双音词，而不能接单音词。

汉藏语系的其他语言同汉语有亲属关系，具有某些与汉语相同的特点。粗略地说，"有声调""语序固定"是汉藏语系语言的共同特点。然而，这些特点在各语言中的具体规律并不完全相同。

汉语是我国人民的交际工具，也是汉族的重要特征之一。只有深刻地认识汉语的特点，才能了解和掌握汉语的内部发展规律。

三、句子成分

（一）句子成分概述

句子成分是构成句子的若干语法单位。所有的句子都是由句子成分以不同的样式组成的。

句子是语言的基本结构单位。我们研究语法，主要就是研究句子。研究句子就是研究句子是如何构成的、如何表现的，而主要任务之一就是研究句子成分。

句子成分是人们经过长期观察、概括而确定的。它使我们得以认识句子内部的关系。

人们将句子成分概括如下：主语、谓语、宾语、定语、状语、补语。这样的概括应该说是比较成熟的，是能站得住脚的。因为这几个成分所形成的句法结构框架，反映了客观事物规律性的存在，高度概括了个体客观事物存在的关系状况及活动变化状况，所以它得到普遍认可。

世界上有各种各样的语言，它们的基本结构框架大多由以上句子成分构成。这些句子成分是在句子内的词、短语等的选择搭配中，显示出不同句法位置功能的成分单位。

句子成分体现了句子内部的结构关系：这个成分的功能和作用是什么？那个成分的功能和作用是什么？它们之间的关系是怎样的？这便体现了范畴语义关系。范畴语义关系是抽象的、概括的，是句子成分及其框架存在的基础。

　　句子成分以词类（主要是实词类）为内容实物，而词类在句子内以句子成分为依托。如果没有词类来充实，句子成分便是个空架子，便是虚的。但是没有句子成分这个句子的基本框架为依托，实词也就不能体现出句子的语法关系。比如，我们不能说动词前边是名词（也可以是其他词类）、动词后边是名词（也可以是其他词类），如何如何？这样往往难以把问题说清楚。只有将二者相结合，才能既可体现出句子内部的结构关系，又可满足交际的需求。

　　句子结构要具体化，就必须得有词类的介入。句法分析，句子成分分析，主语、谓语（中心语）、宾语、定语、状语、补语分析应该具体化、实用化，应该看得见、摸得着、用得上。这就需要引进词类分析。只有进入句子结构的词类分析具体化，才有可能显示出句法分析具体化。而句法分析具体化要依赖实词类分析具体化。

　　语法研究的目的，最重要的应该是为语言的使用者服务。这并非不重视理论方面。从根本上说，理论应该是对研究对象的调查、分析、概括、总结，用于指导实际。我们应该有一套语法理论、一套语法体系、一套具体的规则、各样的特征及特征系列的描写。这样既有理论又有实际内容，才是完善的。

　　首先，介绍宾语分析具体化。一般来说，充当宾语的多是名词类。受事宾语对名词类是充分开放的（属开放类），即一般名词都可以进入宾语位置，自由替换。而其他类型的宾语（工具宾语、目的宾语、方式宾语、原因宾语等）对名词类不是充分开放的（属封闭类），即只有少部分名词才能进入这些类型的宾语位置。因为它们数量少，又没有推导性，便有可能也有必要被全部列举出来。这样，宾语分析显得具体而便于操作、认识。

　　其次，介绍状语分析具体化。进行状语分析前，先要按词类类别为状语分次类。如副词状语次类，其状况怎样、有什么特征；介词短语状语次类，其状况怎样、有哪些特征；形容词状语次类，其状况怎样、有哪些特征；其他次类，其状况怎样、有哪些特征。这样，充当状语的词类分析具体化了，状语成分分析也就具体化了。

　　最后，介绍补语分析具体化。补语位置是各个实词类显示自身具体特征的最多、最显眼的位置。补语位置也是动词虚化的位置，如"抓住、看透、看穿"等，其中的"住、透、穿"等都是动词虚化词。补语位置还是词的非自主化的位置，比如充当单词补语的动词都是非自主动词、充当单词补语的形容词都是有变化功能的形容词（这种变化也是非自主的）。补语更是加重程度的位置，比如能够作补语的副词有"极"（难受极了）和"很"（瘦得很）两个，它们都是加重程度的副词。

　　从以上举例可知，句法具体化主要依赖词类具体化。下面简单介绍各句子成分。

（二）主语和谓语

主语和谓语是句子层面的两大部分，一个是被说明者，一个是说明者。要把句子的结构搞清楚，需要对主语和谓语再分类。主语首先可以分为话题主语和施事主语，和它们相对存在的便是特别主语，与特别主语相对应的是特别谓语。

话题主语相对应的是谓语的整体。谓语包括各种句子成分：谓语中心语（动词、形容词）、宾语、补语、定语。话题主语是被说明部分，谓语是说明部分。

施事主语相对应的主要是谓语动词。施事主语是动作行为的发出者，动词是动作行为的体现者，但是动词并不是孤立地来体现的，而是和其他句子成分相结合来体现的。

特别主语主要是和施事主语相比较而存在的。不同类的动词就构成了不同类的谓语，形成了不同类的相对应的主语。另外，特别标识类的句式，由于有特别的句子结构模式，也会显示出特别的主语句式和特别的谓语句式。

（三）宾语

宾语是一个比较复杂的句子成分，其复杂性体现在它可以由不同的名词充当。名词一般可以灵活进入宾语位置，这样便出现了与动词的各种不同的语义关系。

一个动词和一个名词（包括名词短语）简单地结合，没有其他的语法成分相依托，便体现出丰富的、不同的内容关系，这是汉语语法的特别之处，也是其魅力所在。那么其中的巧妙之处在哪里呢？要想回答这个问题，就需要克服认识上的障碍，即对语义作用的评估。因为解决这个问题首先需要从语义入手，从语义关系上可以分出直接宾语、间接宾语，进而分出受事宾语、处所宾语、对象宾语，最后分出工具宾语、目的宾语、原因宾语、方式宾语、方面宾语、角色宾语等。这样分类涉及三个方面：其一是跟动词分类有关系，其二是跟名词分类有关系，其三是跟语义范畴分类有关系。进一步观察分析会发现，这样分类跟不同的介词选择、移位有关系，可以让我们看到宾语不同类别的形式依据。

另外，宾语还有结构上的类别：双宾语类、动词短语宾语类。依据这一线索，我们能够把宾语及其分类理得更清楚。

（四）补语

谓语中心语后边有两个成分，一个是宾语，另一个是补语。补语有数量词补语、介词短语补语、趋向词补语、单词补语、短语补语等。

补语从功能关系看，有的是表示程度的，有的是表示结果的，有的重在叙述或描写；从语义指向关系来看，有的是指向中心语的，有的是指向主语的，有的是指向宾语的。

总的来看，宾语是名词性的，而补语则是动词性的，也可以说是叙述性的。动补结构常常是一种综合形式，也就是由两个叙述凝缩综合形成的。比如，"你把孩子吓哭了"是由"你吓孩子""孩子哭"凝缩而成的。

宾语的复杂性体现在语义类型的众多、关系的多样上，而补语的复杂性不仅体现在它内部类型的多样上，还体现在它的凝聚综合性上。补语的这种状况，也显示了汉语语法结构的特点和汉语用比较简单的结构形式表达丰富而复杂的内容的特点。

补语总的系列特征包括：①充当补语的词类，短语的选择特征；②语义内涵及指向的选择特征；③和中心语选择组合的特征；④虚化的选择特征；⑤提问、作答的选择特征；⑥略化的选择特征。

（五）状语

"主语＋中心语＋宾语"是句子的主干框架，但是仅有"主干"是不够的，句子的结构往往根据交际表达需要进一步丰富、细致，还添加辅助部分，即状语和定语。

状语一般位于谓语中心语的前边，由副词、介词（短语）、形容词等构成，用于描写、说明中心语。

以实词为中心语的句子需要显示动作行为或事件的时间、处所、范围、频率、语气、情态、轻重程度、行为的方向、对象、缘由、依据及各种状态，这样的表达内容便由状语来承担。只有补充了这些，句子才能显得比较饱满。

谓语中心语的前边是状语的常在位置，而主语的前边是状语的可在位置。作状语的某些词语也可以位于中心语的后边，如"极、很、直直地（站得直直的）"等，不过这些都包括在补语类里了。但是它们的功能、作用和状语是一样的。

状语总的系列特征包括：①在句中所处的句法位置选择特征；②充当状语的词类、短语选择特征；③对否定词的选择特征；④提问和作答的选择特征；⑤语义指向的选择特征；⑥状语分裂的选择特征。

（六）定语

定语是句子结构的另一个辅助成分，位于主语、宾语、中心成分（名词）的前边，起描写、说明、修饰的作用。

中心成分名词（指人或事物）需要显示数量、时间、处所、归属、范围、性质、状态、某方面的特征、用途、来源、质量等，这些的表达内容都由定语来承担，只有补充了这些，所指的人或事物才能表现得更圆满、细致。

作定语的词语有数量词、代词、形容词、动词、主谓短语、介词短语等。

定语总的系列特征包括：①充当定语的词类，短语的选择特征；②定语和中心语（名词）的选择特征；③定名偏正短语略化的特征；④提问、作答的选择特征。

第三章　现代文学的发展

第一节　现代文学的开端

梁启超等人提倡的新民思想和文学观念上的改变，以及大量翻译小说的出现，为文学革命提供了思想和文化基础。1917 年开展的文学革命标志着古典文学的结束、现代文学的开始。

一、新文化运动

新文化运动发生在维新变法和辛亥革命之后（1915 年）。辛亥革命后，国家形势越来越混乱，一批先进的知识分子开始寻求救国的新出路。以陈独秀为代表的一批先进知识分子将《青年杂志》更名为《新青年》，从此拉开了新文化运动的序幕，掀起了向西方学习的浪潮。

新文化运动的代表人物有陈独秀、李大钊、胡适、鲁迅、蔡元培等。在新文化运动初期，他们纷纷通过著文批评旧社会和旧文化，在当时起到了开路先锋的作用。

新文化运动以民主与科学为口号，以提倡新道德、反对旧道德，提倡新文学、反对旧文学为旗帜，提出重新评估一切价值，以彻底地反封建为主要精神，极大地激发了人民的民族意识，为 1917 年的文学革命和 1919 年的五四运动奠定了思想基础。

新文化运动是一次伟大的思想解放运动。新文化运动广泛引进和吸收了西方文化，抨击文化专制，倡导思想自由，促进了民众的觉醒，唤起了人们对国家政治事务的关心。新文化运动在政治、思想、文化、艺术等多方面开启了一场以转型为主的文化革命，对于中国的发展具有不可磨灭的意义。新文化运动认为中国的一切文化都是落后的，而西方的一切新文化都是先进的，这样的观点具有片面性。随着俄国十月革命的胜利，中国的先进知识分子不约而同地把眼光转向俄国，开始宣传马克思主义。

二、文学革命

（一）文学革命的兴起与发展

文学革命在新文化运动中占有重要地位，它将表面对封建社会的批判转化为对处于封建主义制度下文学文化的批判，使新文化运动演变成一场文学革命运动。

胡适于1917年年初发表了《文学改良刍议》这篇文章，被刊登于《新青年》杂志上，该文章针对中国旧文学的种种弊端，提出了改良文学的八项主张。同年2月，陈独秀发表了《文学革命论》一文与之呼应。随后，一大批先进知识分子聚集到《新青年》杂志编辑部工作。于是，一场以"反对旧文学、提倡新文学，反对文言文、提倡白话文"为主要内容的文学革命运动，以《新青年》杂志为主要阵地轰轰烈烈地开展起来，使中国文学的演变与发展进入一个崭新的时期。

新文化运动的文学革命愈演愈烈。从1918年开始，钱玄同和刘半农二人为进一步增强《新青年》杂志对社会不同层面的影响力，尤其是对守旧派思想顽固群体的影响力，采用了一种辩论的形式，即通过两种相反的观念引发议论和争执，其主旨正是为批判部分坚持落后思想、反对文化文学革命的顽固分子。这一"双簧戏"引起了社会的广泛关注，产生了震动社会、扩大新文学的积极影响。

1918年，胡适创作了《建设的文学革命论》一文，提出"国语的文学，文学的国语"，并以此为文学革命的宗旨，自觉地把白话文运动和国语运动结合起来，其意义超出了文学领域。

这一时期，《新青年》杂志上发表了诸多代表新思想的文章，例如鲁迅的《狂人日记》、胡适等人的白话新诗等；同时，在《每周评论》《少年中国》等著名杂志报刊上也发表了代表新思想的文学作品。这标志着文学革命取得了全面胜利。

（二）文学革命论争

文学革命的开端是批判封建主义制度下的旧文学，这使得新旧文学的矛盾冲突非常严重，且这种矛盾冲突是不可调和的。20 世纪 30 年代左右，我国文学革命开始以文学中的思想意识为主，与封建文学和传统思想进行论争，这使得旧文学和新文学之间的分歧更加严重。

首先，蔡元培对以林纾为代表的老牌守旧分子的批判。林纾作为中国近代史上有卓越建树的文学先驱，将西方文学引入国内，是我国优秀的文学家和翻译家。然而他对待文学的观念却十分顽固，坚决反对文学革命的开展。他在《致蔡鹤卿书》一文中，曾严厉批评新文化运动和文学革命，并以"覆孔孟、铲常伦"来评价文学革命。"若尽废古书，行用土语为文字，则都下引车卖浆之徒所操之语，按之皆有文法""凡京津之稗贩，均可用为教授矣"。（《答大学堂校长蔡鹤卿太史书》）

蔡元培收到这篇文章后，并不赞同林纾的观点，而是加以辩驳。他在《答林琴南书》的回复中写道："循思想自由原则，取兼容并包主义。"之后，林纾不但没有改变想法，反而以含沙射影的方式在《新申报》上发表了自己创作的文言小说《荆生》和《妖梦》，这两篇文章都是对新文化运动的隐性批驳。反观新文化运动阵营，鲁迅和李大钊等人见此情景都发表了数篇文章，将林纾这种顽固不化的"国粹家"的行为作为标杆，评述其是使历史倒退的糟粕。

其次，发生在 1922 年的与"学衡派"的论争。"学衡派"代表的是有着保守思想的群体，这一流派虽主张了古今中外的思想融合，但认为新文化运动带动的文学革命过于激进。"学衡派"将中外文化加以对比研究，得出"昌明国粹，融化新知"的结论。"学衡派"虽思想相对保守，对文学革命有所不满，但其提出的质疑观点却指出了新文学的弊端和缺陷，例如，他们批评白话文学下创作的诗作过于简单化，且不尊重中国的传统文化和思想。鲁迅创作的《估学衡》对学衡派进行了反驳，同时郁达夫、沈雁冰等人也开始了对旧文学文化思想的抨击。

最后，是和"甲寅派"的论争。1925 年，章士钊在《甲寅》上发表了《评新文学运动》等文，提倡"废弃白话""读经救国"等思想。新文化阵营对此进行了全力反击。

新文化阵营与保守派的几场论争，促进了文学革命的深入发展，保护了新文化运动和文学革命的成果，为新文学创作和理论建设的道路扫清了障碍。

中国白话文学的普及从 1919 年开始，国内陆续产生了四百余种白话文章报刊。1920 年后，白话文几乎取代了传统文化中的文言文形式。在这种现实的压迫下，北洋政府教育部将白话官方认证为"国语"，并纳入国民学校的教学之中。至此，针对白话文和文言文的斗争落幕，白话文获取革命性胜利。这一时期的文学革命运动对中国文学史进入新时代起到了重要的推动作用。

（三）文学革命的历史意义

文学革命带领中国从封建主义旧文学跨越至新文学，对中国的文学发展和社会转变都起到了极大的促进作用，是我国重要的历史里程碑，具有深刻的历史意义。

首先，文学革命对文学观念的转变意义重大。过去，文学思想观念主要以"文以载道""代圣贤立言"等为核心理念，文学革命不仅将这些落后的观念一一否决，还将其背后的价值观和封建思想一举击溃。这是建立新的文学体系和社会思想体系的过程，而不是对旧的思维模式的改善。"五四"时期出现的文学观如"自我表现""人的文学"等，都主张民主、自由的现代思想，为中国的文学创立了崭新的思想体系，符合现代文学的发展需求。中国文学在新文学思想的带领下，对文学与社会、民族与世界等关系重新进行整理，构建了全新的文学发展思维，并以此促进了中国文学大环境的更新。

其次，文学改革对中华民族思想精神的解放起到了关键作用。从根本上来说，文学改革是废除封建观念，建立现代文明意识的过程。在这个过程中，以人为本成为核心的文学理念，创作者的地位得到提升，期间产生的文学创作者相比于以往从世界观到人生观都有了巨大的转变，他们不再受到固有体制的限制，思维、视野都变得广阔，彻底摆脱了封建主义思想的禁锢。这个时期的文学创作者能够按照自己的意志选取创作的内容和主旨，直截了当地表述作品中蕴含的思想感情，风格不限、题材不限，自由是唯一主题，从而将自身的才学魅力最大限度地表现出来。由此，中国文坛也因此获取了优质的文学作品和充满朝气的创作精神。

最后，文学革命还带来了文体形式的革新。文学革命的出现改变了汉语言文学的文体形式，由古代多用的文言文转变为现代的白话文，由对仗工整的旧诗转变为体裁多样的新诗，由结构紧凑的古文转变为风格多变的散文，更新增了中外结合的话剧文学，就连小说的记叙方式和文体结构也得到全面更新。文学革命带来的文体形式变化是具有自主性和整体性的，并非盲目的选择和局部的变更。由此可见，文学革命在为创作者带来自由和解放的同时，也为中国文学的文体更新带来了生机。

在国际范围内，我国的文学革命为中国与世界的沟通开发了全新的道路。文学革命改变了中国的文学文化始终处于封闭状态这一局面，将其引向了世界。经过文学革命，我国的新文学家产生了世界文学意识，促进了中国文学文化与外国文学文化的交流和碰撞。与世界文学接轨后，"五四"时期诞生的新文学形式得到了更宽广的发展空间，进一步促进了中国文学的格局和思想的发展，为我国的民族文化赋予更深刻的意义，使文学艺术的创造得到不同于以往的精神营养，带领中国文学融入世界文学的宝库中。

总而言之，文学革命对中国文学的发展起到了关键作用，不仅改变了传统的固化文学观念，建立了自由的文学风格，还使文学的内容和形式变得更贴近人民群众的生活，在保留文学的自主性和独立性的同时，以白话文学的形式破除了中国文化的封闭局势，从诗作到小说、从散文到话剧，使中国文学的文体形式和创作理念都得到了彻底解放。

三、外来文艺思潮的影响

文学革命的爆发起源于我国内部的社会变革。但是，没有外来文艺思潮影响这个外因，也不会有文学革命。中国文学现代化的历史，与外来文艺思潮的影响不无关系。近代以来，中国文化之所以开始吸收西方文化，正是因为拥有2000余年历史的中国传统文化迫切地需要改造，以崭新的文化面貌响应21世纪的召唤；正是源于中国的社会形态和经济、政治风气的转变，中华民族的思想和精神出现转变；正是由于中国自身对文化的思变，引入外来文化进行比对和参考，并在中外文化的互动交流中完善自身的文化体系，发展全新的文化路径。

在文学革命开始之初，胡适和陈独秀等革命发起者从外国文学中吸取精华，并从中发现革命方向，而其他新文化运动的参与者也都接触过翻译外国文学的工作。应该说在新文学初期理论建设阶段，胡适的成就最为突出。

胡适在这场文学革命中最伟大的理论成就，是他提出的"白话文学论"和"历史的文学观念论"。这两种理论在文学革命的斗争中影响深远，是胡适最主要的文学理论思想，也是新文化运动的核心指导思想。胡适的理论建设侧重于语言形式。在创建新文学的过程中，胡适从新文学的思想精神和文学内容等方面入手，将文学创作中个性化和写实化的特点彻底发挥出来，这也导致"五四"时期之后"问题小说"和"社会问题剧"等新的文学现象产生。他还在《谈新诗》等著述中提出"诗体解放"，认为新诗不仅要用白话，还要不拘格律，向自由诗发展。另外，胡适还发表了诗集作品《尝试集》。

除胡适外，李大钊在吸收外来文学艺术的思想理论这一点上同样是煞费苦心。他创作的《什么是新文学》这篇文章，就以马克思主义和俄苏现实主义为思想核心，阐述了历史唯物论的文学理论观念。

四、新文学社团与流派

文学革命时期，许多具有不同创作风格和艺术思想的文学创作者齐聚一堂，使多样化的创作思想和文学思潮得以不断出现。其中文学理念相近者就集结在一起组建文学社团，并创办代表社团整体风向的文学艺术报刊。1921—1923 年，我国共出现了大小不等的文学社团 40 余个，其创办的刊物多达 50 多种。到了 1925 年，文学社团和文艺刊物的数目已突破 100 种。在这些文学社团和文学创作者的共同努力下，新文学逐渐由少数文学革命先驱组成的小群体转变为全国群众组成的大群体共同奋进。在这些革命队伍中，为文学革命做出重大贡献的有文学研究会和创造社。

1921 年 1 月，文学研究会正式成立于北京，创建者共 12 人，包括沈雁冰、叶圣陶等。他们将改革之后的《小说月报》确立为文学研究会的会刊。文学研究会作为文学革命的主力军之一，其创立宗旨为"研究介绍世界文学，整理中国旧文学，创造新文学"。他们强调文学应反映现实，探讨人生问题，并指导人生，因此被称为"为人生派"。他们除了努力创作外，还重视翻译、介绍俄国和东欧的弱小民族文学。文学研究会是 20 世纪 30 年代我国第一大规模的文学社团，是新文学现实主义创作的开端，为新文学的发展做出了巨大的贡献。

1921 年 6 月，创造社正式成立于日本东京，主要成员都是当年正在日本求学的学生，具体有郭沫若、郁达夫、成仿吾等。创造社自成立以来，共创办了十余种刊物，如《创造季刊》《创造月刊》《洪流》等。郭沫若等人初期将"为艺术而艺术"作为创造社的主要思想，认为文学艺术的创作不能脱离创作者的真实感受和内在需求，强调直觉和灵感的重要性，将文学的艺术性和美感放在首位。这些人的文学作品更偏重自身的内心情感表达，其情感色彩更浓，主要表现手法是直抒胸臆，并以此诉说自身的矛盾心理和对现实社会的抗争。这一阶段过后，创造社将重心转移到了文学革命的斗争中。

在这一时期，除了文学研究会和创造社之外，其余的文学社团也或多或少地为文学革命贡献了自己的力量。一些文学团体与文学研究会的文学创作思想相近，如语丝社、未名社等；还有部分文学社团与创造社的思想理念相近，如南国社、弥洒社等。

总之，"五四"时期后的大小文学社团都有自身独特的创作方法和风格，它们以现实主义、浪漫主义为主，唯美主义、表现主义、颓废主义、新感觉派、象征派为辅，共同组成了气象万千的新文学。

第二节 现代文学的基本特点

一、文学的文化理念

文学是人类的一种文化形态，这是大家都能接受的观念。但深入追问下去，就会发现仍然有许多问题。例如，文化是什么、文学承载着什么文化意义、文学这种文化形态与其他文化形态有何关系等，这些就是本节要着重阐明的问题。

（一）文化概念

人们将文学归结为一种文化形态，那么首先就需要对文化进行准确的定义。"文化"这个词在人们的日常生活中出现的频率很高，但要确切地说明它的定义和概念却并不容易。这就与人和人之间的差异性有着直接关系。人和人之间的差异性，通常来讲存在于"体质"和"精神"两方面中。就体质方面而言，现在的科学完全能够衡量人的体质差异，通过检测手段为人们的不同体质定义。而当涉及人的精神层面，文化的不同就进入了考量范围。可以说，人与人之间精神上的差别关系到文化的差别。例如，将两个极度相似的双胞胎兄弟从出生起就分养两地，多年后即便二人的体质没有太大变化，仍然保持相似的状态，但由于受不同文化的影响，精神层面的差异必然已经出现。生活在不同的文化环境中，接受不同的语言教育，成长过程中养成的习惯和性格都有所不同，进而导致了情感需求、思想表达和审美标准等多方面的差异化，而这些都是源自文化背景下的差别。因此可以说，文化是代表了人们精神状态的成因，是社会整体传承发展的一部分。

众多学者对文化的定性始终没有一种确切的说辞，并对这一问题产生了显著的分歧。根据不完全统计，目前对文化的概念界定已经出现了160多种不同的理论。在这些理论中，广义、狭义和符号论的文化概念是最受关注的。以下是这三种文化界说的具体概念。

1. 广义的文化概念

广义的文化概念相比于其他定义，其受众更加广泛。19 世纪，英国的人类学家泰勒就将文化定性为广义的。他在《原始文化》一书中说："文化或文明，就其广泛的民族学意义来说，乃是包括知识、信仰、艺术、道德、法律、习俗和任何人作为一名社会成员而获得的能力和习惯在内的复合整体。"当时泰勒提出的文化概念风靡一时，成为一种流行的文化学说。

英国著名的文学人类学家马林诺夫斯基和泰勒的观点相同，也是从广义的视点来界说文化的、他说："文化是指那一群传统的器物、货品、技术、思想、习惯及价值而言的，这概念包容着及调节着一切社会科学。我们亦将见，社会组织除非视作文化的一部分，实是无法了解的；一切对于人类活动、人类团集，及人类思想和信仰的个别专门研究，必会和文化的比较研究相衔接，而且得到相互的助益。"马林诺夫斯基还曾在文章中将文化作出了细致的拆分，即"文化的各方面"包括物质设备、精神文化、语言系统、社会组织四个方向。许多学者都将这种定义模式作为对文化研究、理解的前提。

我国的相关学者多数侧重于这种广义的概念。如梁漱溟先生在《东西文化及其哲学》中说："所谓一家文化不过是一个民族生活的种种方面。"经总结概括，文化主要包括以下三个方面。

（1）精神生活方面。例如，宗教、艺术等以感性为主的，以及哲学、科学等以理性为主的。

（2）社会生活方面。例如，人们在家庭、社会、国家之中的生活形态，包括社会组织、伦理习惯等。

（3）物质生活方面。例如，人们的饮食起居等，一切与自然界物品相关的都存在于物质生活层面。

这是一个包罗万象的文化定义，即凡人类创造的一切，不论是精神方面的，还是物质方面的，都可以称为文化。庞朴用更学术化的语言将文化分为三个类别，分别是：人的生活、人的产物和根据这两个类别组建的心理和做出的行为。这是以最广泛的概念对文化进行定义，是将人的生活和思维完全涵盖的理论。这种概念对物质、心灵和心物结合的三种形态进行了整合。将文化视作一个整体后，其系统化的特点就显现出来了。这时，文化的最外层就是物质层面。这里所说的物质并非自然产生的物质，而是物化劳动，或可称为"第二自然"。继续向内部探索，中层部分表现为人的精神思想和外层部分不可见的思想产物，以及物化后的物质形式，具体表现为机械原理、社会理论、宗教信仰、政治组织等。在文化最深层、最核心的区域中，人的价值观念、审美需求、道德修养、民族特性等得以表现。

2. 狭义的文化概念

狭义的文化概念是不同于广义的文化概念的另一种对文化的解读。在这种观念下，文化代表的是个人道德、学识素养的高低，其中包含受教育程度、知识储备量等。《现代汉语词典》中"文化"的第三义"指运用文字的能力及一般知识"，这属于狭义的文化概念。在这种定义模式下，文化代表了人的知识水平和教养状况。有文化，就表现为知识水平高、能够熟练运用文字等。例如，个人简历中，"文化程度"一栏指的就是个人的学历高低。这种对文化的定义就是针对个人知识储备量的多少来说的。

3. 符号论的文化概念

符号学将文化定义为人类的符号思维和符号活动所创造的产品及其意义的总和。德国的现代哲学家卡西尔首先提出了这个理论，并对其进行了阐述。卡西尔认为文化是人的本性，是人的根源所在。根据符号产生的思维模式和活动体系并非单纯的反应，如语言、宗教、科学、历史等，这些都是富有精神意义的完整系统。

可以从上述概念中看出，广义的文化概念与符号论的文化概念有许多相通之处，即文化和人之间的紧密关系。文化是人的造物，人也被文化影响，文化又对人和动物进行了区分。在符号论的文化概念中，符号是人的根本，只有以符号为基础构建的活动和思想才能体现出人的特征，文化则是经由符号的应用出现的。符号论的文化概念还将人的精神文化和观念文化作为重点指出，并将文化的具体意义和概念落在这两点上，认为文化就是人性的体现，就是人的符号思想和相应产物的集合。

本书中使用的文化概念主要为符号论的文化概念。针对文学这一命题，其表现的是一种语言的艺术和创造力，是人类通过符号所展现出的个人价值观念和思想精神追求，同时也包含着人的审美需求的深层文化。而通过符号论的文化概念，文学的意义就被规范在文化之中，文学与文化之间的关系更加紧密，联系也更多，这也使文学的考量得到了更有利的环境和条件。

虽然广义的文化概念也有与文学相关联的特点，但文学的本质并不是将这些物质文化和行为文化简单地呈现在人们面前。文学是在描写事物的同时，将作者自身的思想感情带入其中，并以情感为主成为一种精神上的文化。这时的文学已经脱离了物质文化和行为文化的范畴，进入了符号的世界，展现的是纯粹的艺术和精神意义。

（二）文学的文化意义

1. 揭露人的生存境遇和状况

在对文化的探讨中，人的生存问题始终是探究的重点，而关于人在生存过程中更倾向于动物性还是人性的探究可谓层出不穷。奴隶社会、封建社会和资本主义社会都是人剥削人、人压迫人的社会，因而必然会出现马克思所说的人的"异化"。所谓人的"异化"，即人的本性的丧失，人成为非人。奴隶社会、封建社会以及资本主义社会中有一种常见的"异化"现象：底层人民不断受到剥削和压迫，逐渐失去抵抗能力而成为待宰的"羔羊"，上层统治者则因持续迫害底层人民而被自身的欲望吞噬。这种就是由社会文化造成的。在这种情况下，文学的文化意义就体现为显露人的生存状态，反映人的生存境况。这类文学揭穿了真实的人性，表达了作者对人的精神关怀，同时勇于批判社会中存在的丑恶现象，具有深刻的现实性文化意义。

再如西方 19 世纪的批判现实主义作品，揭露了资本主义的吃人文化。在英国狄更斯、法国巴尔扎克和俄国列夫·托尔斯泰的作品中，作者深刻地揭露了资本主义如何欺压下层人民、下层人民如何过着非人的生活、他们在精神上如何陷入悲惨的境地、他们的人性如何在金钱主义统治的社会中被扭曲等。在资本主义社会中，一方面是财富的急剧增长；另一方面是人性的丧失。这种情况是怎样造成的呢？批判现实主义作品通过艺术描写令人信服地指出，这就是资本主义文化生产出来的恶果。批判现实主义作品在对资本主义人性丧失的描写中，揭露了人的生存境遇和状况，从而显示出文学的文化意义。其实，不仅是批判现实主义的文学作品重点在揭露人的生存境遇和状况，从古至今的大量文学作品都着力于对人的生存境遇和状况的揭露。

2. 叩问人的生存意义

人们对生存意义的探寻从古至今从未停止，其中包括幸福的意义、爱情的意义、爱国情怀的意义、民族情怀的意义等。这些方面的问题对应的答案不仅是人对自身生存意义的探究结果，也是人的思想精神的文化理念和文化意识。文化将人类生理性的欲望和行为转变为哲学性的包含审美需求的精神活动。例如，文化将动物性的求偶需求转变为爱情的精神活动，文化将生理性的温饱需求转变为精神层面的享受，文化将人的生存需求转变为对自身家园的精神向往等。文学艺术创作者在创作过程中必然会涉及这类问题，他们通过语言的表达和概括将人的生存模式和生活质量等加以分类，这就使得文学在人的生存意义层面表现出深层的文化含义。

3. 沟通人与人、人与自然之间的联系

文化因与人的联系紧密，群体性成了其重要特征之一。文化的产生一定是源于一个群体中大多数人都认同的思想观念和行为模式。这个群体可以是民族，也可以是国家；最终形成的固定的文化是历史的传承，也是人民共同的期望。真正的文化都是以爱护人为目标的，所以文化能够将陌生人变为至亲好友、将争夺抢占变为公平竞争、将弱肉强食变为互帮互助、将敌对关系变为友好和平。在这一点上，文学以具体的语言和文字将美好的情感带入其中，展现了人与人之间、人与自然之间的和谐，进一步体现出了其文化意义。

4. 憧憬人类的未来

人类与动物的主要区别还有关于未来的理想与憧憬，动物并不能对自身未来的行为作出预测，而人类却可以通过规划和设计预定自己的未来。尽管蜜蜂能够建造蜂房，其结构的精密灵巧可能使许多建筑师都自愧不如，但它只是凭本能在建造，不可能事先有筹划，而人则可以有意识地构建未来。例如人建造一座哪怕再简陋的房子，都会在事前拟定一个蓝图。人类的思想中有对未来的理想和向往，因此人们在生活中常常怀揣着对实现理想的憧憬和希望。人之有理想、幻想，乃根源于人类的文化。从这个角度来看，人所产生的精神愿望和幻想都是因为有文化的支撑，一旦文化消失，人就会失去这些精神愿望和幻想，回到动物的形态中。可以说，文化成就了人类的与众不同。在具有国家或民族文化的大前提下，人对未来的希冀才能扎根于现实的生活之中。文学通过或哲学或现实或诗意的形式将人的理想表达出来，并利用文字为人们展示出人性化、和谐、美好的未来蓝图，进而流露出它的文化意义。

文学的文化意义不但表现在对人的生存状况、生命意义等人文关怀上，还表现在对文学自身的理解上。也就是说，我们不应该把文学理解为一种与社会文化无关的独立封闭的存在。一部文学作品，无论如何拒绝或忽视其社会文化，如作品可以不过问政治、不描写现实的斗争，即与政治和现实保持距离，都会在不知不觉中描写人情风俗、抒发人的情感，而这种人情风俗和情感总是深深地根植于社会文化之中，不能不带上社会文化的烙印。文学的文化意义是一种自然的存在，因而并不存在完全封闭的"自在的文学作品"。

5. 学习和丰富人们的语言

文学是一种语言艺术。语言是构建文学作品的基本手段，没有语言也就没有文学。而语言本身又是一种文化，即语言文化。语言文化蕴藏在哪里？其中最重

要的部分就蕴藏在古今中外的文学作品中，最优美的语言、最生动的语言、最形象的语言、最具诗意的语言、最具表现力的语言、最简洁的语言都在文学作品中。因此文学的文化意义之一，就是为人们学习和丰富自己的语言文化提供了取之不尽的宝库。从某种程度上说，人们阅读文学作品就是阅读语言。人们可以在愉快的阅读中大大丰富自己的语汇、强化自己的语感、调整自己的语调，进而提高自己运用语言的能力。

因为现代汉语来源于古代汉语，所以人们今天学习用古代汉语撰写的文学作品，仍然能够增进自身对现代汉语的理解，从而对其进行更好的运用。例如，人们在日常生活中经常要用到成语，这些成语大部分就来源于中国古代的文学作品和文献。

(三) 文学的文化意义的发现

1. 品质阅读

品质阅读是指试图尽可能完全地把握作品的肌质，表示首先注意到语言中的各种要素，如重音和非重音、重复和省略、意象和含混等，然后由此向人物、事件、情节和主题运动。这一定义是根据西方语言作出的。而若是将品质阅读用于汉语之中，就需要遵从汉语的习惯和规则，如押韵、对仗、平仄等，然后进入情节的描写和人物的塑造中。简要地说，品质阅读就是针对文学作品中作者对语言的应用能力和对艺术的见解程度的解读。品质阅读只属于语言和审美的范畴。从文化的角度阅读文学作品时，单纯地进行品质阅读是不足以从文学中彻底发现文化意义的，因此价值阅读也必须受到重视。

2. 价值阅读

价值阅读是指读者在阅读的过程中试图尽可能敏锐和准确地描述出其在作品中所发现的价值。其根本在于自身对文学作品的理解，并从中发掘出具体价值和文化意义。发掘文学所负载的文化意义，其基本途径就是价值阅读。价值阅读只是发现作品中的文化内涵，不是价值评判。也就是说，通过价值阅读只是发现文化内涵的有或没有，如果有，具体有什么，而不是评论其中的好与不好。

(四) 文学与其他文化形态的互动关系

人类的精神文化有多种多样的形态，其中主要有语言、神话、宗教、艺术、科学和历史等。人们通过多种多样的文化形态展现人性的各个层面。文学作为一种文化形态，与其他各种文化形态有着密切的互动关系。人们通过关于文学与其他文化形态互动关系的论述，既可以了解文学作为一种文化形态与其他文化形态的联系，又可以在比较中凸显文学作为一种文化形态的特点。关于文学与其他文化形态的关系有许多研究，这里仅就文学与科学文化、文学与历史文化、文学与其他艺术文化的关系做扼要的说明。

1. 文学与科学文化

文学艺术与科学文化所涵盖的内容是完全不同的。文学作品中表述的是与人相关的事物以及思想，其中包括情感、理想、期望等；而科学的重点则在于自然世界，这里的自然世界也包括人类本身，这就使得人在科学的视角下成了自然世界研究对象中的一种。文学和科学都揭示了世界的奥秘，其中文学主要负责揭示人的精神和心理层面的奥秘，而科学则负责揭示自然环境的奥秘。由此可见，文学和科学分管感性和理性两个层面。同时，文学与科学都表达了人们对美好的追求和对真实的向往。在这之中，文学追寻的是人的思想的美和情感的真，科学追寻的则是自然的美和客观规律的真。然而，科学在发展过程中，常常需要为求真而放弃美，文学却可以将真与美相统一，使真善美同时被应用于文学作品中。

文学艺术和科学文化彼此不同又彼此相连，始终保持着互促互进的密切关系。由文学艺术产生的文化和科学探究产生的文化都是人类在长期发展的历史中不断传承、演变的智慧结晶，因而文学与科学是无法彼此独立存在的。文学艺术通过对人的心理素养的培养和提升，使科学发展更加稳定；科学文化通过增强人对世界的感知和了解，使艺术发展领域更加广阔。诺贝尔奖得主、著名科学家李政道在一次"科学与艺术研讨会"上曾介绍 20 世纪 50 年代美国和苏联空间技术竞赛，结果苏联于 1957 年 11 月把人类第一颗人造地球卫星送上天，这让自认为是 20 世纪科学技术第一大国的美国举国上下顿感耻辱，于是开始反省。十年之后，教育家们对此事进行分析，认为美国并不是在科学教育上落后于苏联，而是过于注重科学教育，忽视了艺术教育。也就是说，科技人员较低的艺术素养导致了美国空间技术的落后。李政道提出："我想，现在大家可以相信科学和艺术是不可分割的。它们的关系是与智慧和情感的二元性密切关联的。伟大艺术的美学鉴赏和伟大科学观念的理解都需要智慧，但是随后的感受升华和情感又是分不开的。没有情感的因素，我们的智慧能够开创新的道路吗？没有智慧，情感能够达到完美的境地吗？它们很可能是确实不可分的。如果是这样，艺术和科学事实上是一个硬币的两面。它们源于人类活动的最高部分，都追求着深刻性、普遍性、永恒和富有意义。"

这就是说，文学艺术与科学文化虽然存在偏重于感性与理性之分，但都是人类智慧的结晶，在塑造人的素质这个根本点上是相通的。艺术文化和科学文化紧密联系就此显现；文学艺术的发展必须有科学文化作为主要推动力量，科学带来的理性思考和客观知识对文学艺术的发展起到了推动和促进作用，同时科学技术的完善也为文学艺术的发展指明了方向。从另一个角度来看，文学以及其他领域的艺术文化加强了人与世界万物的情感联系，使人们的精神世界都受到艺术文化的影响。在这个基础上，科学家们感受能力和想象、创造能力的增强会直接影响科学技术发展的进程。由此可见，文学艺术和科学文化在人类的发展中始终是一个整体，二者对开发世界和促进人类进步的过程发挥了同等作用。文学与科学有着共同的根。人类既要科学真理，也要艺术真理。文学与科学是难分高下的。科学文化为自然立法，文学艺术为人生立法；科学文化是自然之根，文学艺术是人生之根。在科学文化面前，文学艺术绝不是可有可无的东西。

2. 文学与历史文化

文学作为一种文化形态，与历史文化的关系也值得重视。早在古希腊时期，亚里士多德就对文学与历史文化进行过比较。在他看来，诗人的使命和责任在于为人们描绘出未来可能或必将发生的事件，而对已经发生事件的描绘并不是诗人的本职工作。创作诗歌的人和记录历史的人，其主要区别并不在于写作时运用的文体形式。当历史学家用"韵文"记录历史时，他写作的内容并没有改变，仍然是历史中真实的事件，即有无韵律不能改变文章的本质。因此，亚里士多德提出诗人和历史学家的唯一区别就是写作的内容：一是描述已经发生的事件；一是描绘未来可能要发生的事件。因此，他认为诗歌的创作在这种意义下相比于历史的记录更值得被严肃对待。诗歌中包含的事件往往具有普遍性，而历史中通常记录的是具有特殊意义的事件。诗歌能够将人物划分于某一类别中，并在此基础上进一步扩展情节和人物面貌。

事实上，文学创作过程中重视感性思想和诗意构想，而历史记录过程中则重视理性思想和事件真实性。它们是两种完全不同的文化形态，在进行定义时应着重区分二者的不同点。基于上述观点，我们可以得出历史与文学是不同的文化形式的结论，但历史和文学对事物的揭示性质却是共通的。从历史的角度来看，通过辩证的方法，可以得出历史的发展是呈螺旋状上升的，不同的社会形态都会出现高级阶段和低级阶段的反复。因此，我们常常能发现即便在完全不同的历史阶段中，也存在极度相似的历史人物或历史事件。这些历史阶段中的相似点和共同点，成了人们连接历史和现实的关键，是一座具有普遍性的沟通古今的桥梁。从文学的角度来看，文学能够在一定程度上反映出社会的现实情况，其特点在于对底层生活的揭示更加有力，使现实生活中的本质和规律得以显露。

3. 文学与其他艺术文化

文学与绘画、音乐等艺术文化具有共同性，这是人们很早就观察到的。例如，古希腊西蒙尼底斯就说过："画是无声诗，诗是有声画。"中国宋代的苏轼也说过："味摩诘之诗，诗中有画；观摩诘之画，画中有诗。"他们都在强调艺术文化的相通之处。的确，无论是文学，还是绘画、音乐，在追求诗意、描绘形象、传达情感和动人心魄这几点上大体都是相似、相通的。正因为有这种相似和相通，我们才常常可以看见从一种艺术转化为另一种艺术的现象，如诗转化为画、画转化为诗，诗转化为音乐、音乐转化为诗。

更进一步看，各类艺术的特点都是相似的，具有彼此相通的互动性质。文学通常更偏重于对人的情感和思想的表述，这一特点对绘画和音乐也有所影响，主要体现在文学为绘画和音乐增添了更深层次的思想和精神。而绘画作为表现空间和事物的艺术手法，为诗歌和音乐代入了更强烈的画面感和想象空间。音乐则以节奏性为主，其多样化的节奏效果可以为诗歌和绘画增加崭新的意境。总而言之，艺术虽有多种不同的表现形式，但它们可以互相兼容、彼此协调、互为补充。

二、现代文学的特点

时代的力量和文学的发展在一定程度上促成了现代主义文学思潮在中国的传播，并对新文学运动的进一步深化产生了重要的潜在影响。然而应当指出的是，现代主义文学思潮在中国"五四"时期就已产生并发挥了作用。因此，它必然不同于西方现代主义的一些定性规定，而是具有自己的民族时代特征。这一特征可以从以下三个方面进行总结和分析。

第一，我国的现代文学主义思潮以现实为基础，在社会的现实中揭示其荒诞的一面，反之则从荒诞中展现现实的力量。西方的现代派更多的是以一种异化的、变态的形象来表达作者对现实生活中荒诞怪异且并非正常的现象的表述，这也是其最主要的特征之一。针对这一特点，西方文学的代表作有卡夫卡的《变形记》和塞缪尔·贝克特的《等待戈多》。这样的作品展现了当时西方社会现实的特点，能够使读者在阅读过程中产生强烈的共鸣。与此同时，我国的现代主义文学作品也逐渐出现了这一特点。

第二，我国的现代主义文学思潮在希望中不忘感受绝望，而当身处绝望之中仍然坚持追求希望。对于现代派作家来说，荒诞的手法是他们对社会现实的看法和内心感受，而绝望则是他们对未来的理解与观感。西方相当一部分现代主义作家在思想上是悲观主义者、虚无主义者，所以往往被人们称为"世纪末的产儿"。

第三，我国的现代主义文学思潮不仅激烈地反传统，同时在反传统的过程中也吸收传统，将传统文学融入现代文学中，进而创造出新的传统文学形式。在西方国家，现代主义文学思潮的诞生是伴随着绝对的反传统观念的。当西方的现代主义文学立足于文坛后，现代派的创作者甚至提出了把"文化"这一词完全颠倒的极端说法，并要求彻底革新文化和文学，放弃过去所有的历史遗产和传统文化。可见，其反传统的态度异常坚决且激烈。但是，中国新文学运动，却对这一现象进行了纠正。现实主义文学思潮、浪漫主义文学思潮在20世纪20年代初涌现时都表示了对传统文化的反叛。而1925年后出现的现代主义文学思潮在对待传统的态度上，既有激烈反抗的一面，又有容忍开放的一面，表现出一种较为宏大的气度。

相反的两极却有同一泉源，这在艺术领域并非罕见。值得注意的是，中国现代主义倾向的作家并没有把西方现代派的一切都奉为圭臬，不敢越雷池半步，而是融合新机及自身特色，创造了一个新的艺术天地，显示出中国现代主义文学的活力和光彩。

但是我们也能看到，作为一种文学思潮，现代主义毕竟没有现实主义、浪漫主义那样声势煊赫、影响久远。从理论形态上看，西方现实主义、浪漫主义的传播是集中的、整体性的、全方位的，而现代主义的传播则是分散的、渗透性的，还没有形成一个较为系统的理论规范，也没有出现较有深度的理论著作。从创作形态上看，现实主义、浪漫主义都曾出现过一些典范作品和杰出作家，而现代主义范畴的作家、作品既不纯净，也缺少知名度。因此，现代主义文学思潮与现实主义、浪漫主义文学思潮相比较，不仅在时间上晚了一步，而且在影响力上差了一截，不是被遗忘，就是被误解——这就是它的命运。这不能不说是一种历史的遗憾，而造成这一遗憾的原因还在于它生不逢时。当它1925年出现时，中国还处于一个剧烈动荡的时代，社会的热点、文学的热点都自然而然地转移到革命、斗争、反抗的洪流上。大革命为众望所归，茅盾、鲁迅去了，郭沫若、郁达夫去了，现代主义文学思潮生不逢时，遭到冷落也是自然而然的事情。但更为深层的原因是，现代主义文学思潮是工业社会的产物，表现的是现代人在现代社会中的情绪和心理；而中国社会则刚刚从传统的门槛跨出来，基本上还是一个封闭的农业国家。因此，现代主义虽从西方大量输入，却难以生根；虽五花八门，却如过眼烟云，在历史的册页上仅仅留下淡淡的印痕。但是，现代化毕竟是大势所趋，现代主义文学对现代人灵魂的深邃透视和精细刻画是其他文学难以企及的。所以，现代主义文学思潮尽管一再遭冷落、遭误解，甚至遭批判，但依然存在，并在中国文学现代化进程中不断崛起、不断深化。

第三节　现代文学产生的重要条件

1840 年的鸦片战争，使中华民族第一次面临生死存亡的危机。之后，西方列强用军舰、枪炮迫使中国的最后一个封建王朝签订了一系列丧权辱国的条约。使中国的知识分子看到古老的中华民族面临着被淘汰的危机，于是开始以科学观念来思考民族命运，从而产生了强烈的改革需求。

从鸦片战争到戊戌变法，清政府先后进行了多次改革，但均以失败告终。其中，最具历史意义的改革就是 1898 年的戊戌变法。19 世纪与 20 世纪之交，中国文学已在外部与内部做出双重的现代化努力，从社会的组织结构上寻求变革，带动文化机制的变化，进而影响文学。当时的历史背景决定了现代文学既是社会大震荡、大阵痛和大调整的产物，又是中西文化大撞击和大渗透的产物。

一、近代知识界的形成

这里所说的知识界并不是指由知识者天然形成的团体，而是指在近代中国各种社会力量的作用下所形成的话语空间，即知识、文化、思想和实践的阵营和领域。近代知识界不仅为中国现代文学产生提供了条件和背景，也为中国现代文学提供了充足的动力和资源。

（一）知识分子角色的转换

衰世危机掀起了社会上的一股批判思潮，寻找救世之路成为近代思想解放的先声。西方的器物、政体及风俗引起了知识群体的关注，为国人打开了放眼西方的视域。在借鉴西方经验的过程中，不断的失败既使知识群体意识到封建体制的弊端，也使他们开始重新寻找身份认同。正是在变法中，知识群体逐渐确立了自己的现实判断和实践原则。

在谋求国家发展和民族振兴的过程中，知识群体将自己从传统的思想意识中解放出来，并对自我有了全新的认知。他们不再是传统的知识分子，而是初具现代思想萌芽的现代知识分子。这是新型知识分子的标志之一。

(二) 近代报业的兴起

中国报业是随着知识分子角色的转换而产生的，具有深远的历史意义。报业的兴起在某种程度上使从经学体系中游离出来的知识分子获得了真正意义上的集结——一个新的知识视界、新的知识组织及传播形式建立和在此基础上集结。我国报业的兴起使近代知识和文化的传播发展更加广泛，使人们的思维得到了开拓，使社会中的各类资源得到了开发。报业对于全体民众来说，是走近现代化、了解现代化的有效途径，是中华民族的现代性的具体体现。从文学发展的过程来看，报业为具有现代性的文学的诞生和成长提供了重要条件：一方面，转变了文学作者的具体身份，由古代封建社会中的官员、士大夫等变为以写作为主业、稿费为报酬的拥有独立地位的作家身份，真正得到了展现自身思想的机会；另一方面，培养和造就了成千上万的文学读者，使文学呈现出多元化状态。古典文学具有阶级性，这就使得平民百姓没有机会阅读、创作文学作品。而现代传媒，如报纸、杂志等，出于对商业利益的考虑，要适应人民休闲和娱乐的阅读需求。例如，刊登大量通俗的连载小说，关心人民的诉求，帮助他们解决问题。报业的发展促使文学读物形式多样化，情调趣味化，内容通俗化。可以说，这类文学决定着通俗文学的走向。我国的传统文学多数以诗词作品为主要文学体裁，直到戊戌变法之后才逐渐由小说和戏剧代替诗词成为文学中心。这一转变与维新派对新文化形式的倡导有很大关系，同时，也与近代报业、出版业的兴起密切相关。

(三) 学会的涌现

根据历史资料记载，我国学会的出现于 1895 年。1895 年 11 月北京强学会成立，以此为开端后的三年内共成立的学会数目有 60~70 个，分布于 12 个省份的约 30 个城市中。据不完全统计，1899—1911 年，各种公开的学会有 600 余个。这些学会为中国输入了具有近代性质的知识组织形式，其讲求新知，倡导教育，开启了近代知识界新的实践领域，包括兴办学堂、创立图书馆、购置科学仪器、出版学报和书籍等。

以上三个方面表明，中国近代知识界的形成是中国现代文学产生的重要条件之一。

二、白话的兴起

中国现代文学以白话为媒介，以"国语的文学，文学的国语"为旨归。应该说，白话是近代以来一系列话语实践的生成之物。在我国近代社会，基于标准的社会文化的制度和常用语境，白话无法成为一种确定的语言表述形式，而更像是一种人们在文化实践和文化探究中需要达成的目标。白话在这个过程中可以成为启蒙教育的工具、拓宽民众视野的手段，甚至是富国强民的药方。正因如此，"白话"的概念逐渐深入文化之中。

最早提出"言文合一"主张的是黄遵宪。1887 年，他完成了《日本国志》一书的著述。他自谓"曾述其意"的文字中有这样的话："若小说家言，更有直用方言以笔之于书者，则语言文字几乎复合矣。余又乌知夫他日者不更变一文体，为适用于今、通行于俗者乎？嗟乎！欲令天下之农工商贾，妇女幼稚，皆能通文字之用，其不得不于此求一简易之法哉！"一年后，黄遵宪在信中告知严复，有两件事是必须做的：一件是创造新字；另一件是改变文学体制。黄遵宪提出的针对语言的变革理念，是符合当时社会的变革需求的。可见，社会变革和语言变革紧密相连。首先是黄遵宪个人在写作时感受到语言变革的必要性，然后才是对整个社会的文化形态进行思考，最终提出语言革命这一想法。黄遵宪的革新之路并没有用白话文完全代替文言文，但他的尝试对之后新诗的兴起起到了关键性作用，其提出的书面语变革促进了中国传统文学的革新。

极力主张采用白话文的还有裘廷梁。他认为"白话为维新之本"，提出了"崇白话而废文言"的口号，成为倡导"白话文运动"的先驱。1898 年，他在《苏报》上发表了著名论文《论白话为维新之本》，正式举起了"崇白话而废文言"的大旗，也正式揭开了 20 世纪文言与白话之争的序幕。

1896 年，梁启超在《论幼学》《沈氏音书序》等论文中引用了黄遵宪的观点，反复论述了"言文分离"之害与"言文合一"之益。梁启超的基本观点是："欲维新，欲开民智，必须言文合一。"梁启超创制了"新文体"，向白话文迈出了第一步。

1900 年，维新派的主要成员陈荣衮在《知新报》上刊登了《论报章宜改用浅说》，提倡报章文字的通俗化。文中明确提出："大抵今日变法，以开民智为先，开民智莫如改革文言。不改文言，则四万九千九百万之人，日居于黑暗世界之中。"报章文字的简单化、通俗化是文体革新的重要组成部分，其与传统报章文体的区分，使文体语言的革新迈入了新的阶段。

总之，以上关于白话的观点和实践得到了许多人的认同，一时间"崇白话、废文言"的宣传层出不穷，不仅在思想启蒙和推动革命方面发挥了重要作用，而且为中国现代文学的出现奠定了重要基础。

三、文学创作成就

中国现代文学产生前，在诗歌创作方面，"南社"诗歌团体的影响力最大；在戏剧创作方面，则主要表现为"戏剧改良"。这一时期，对文学现代化具有实际意义的是政论散文和小说。

政论散文是由"文界革命"催生的。甲午战争后，文体出现改变的趋势。以梁启超的《政论》为代表，他的文体浅近，间杂俚语，已与清代桐城派的古体大为不同。梁启超《新民说》的中心思想就是启蒙，提出批判改造中国的国民性，制造中国魂的问题。章太炎等人创作的主要是以革命为主题的散文，虽与梁启超的"新文体"散文不完全相同，但都是借助现代传媒方式弘扬自身的思想精神。"维新变法"的对象从朝廷与当政者，到一般读书人。章太炎的国学造诣精深，是"有学问的革命家"。

辛亥革命后，散文卓然成家的还有章士钊。他对现代中国散文的贡献就是以西方的逻辑思路来组织思想材料。

这一时期的小说类作品不像散文具有强烈的精神价值主张，散文更多的是由精英知识分子创作，其受众并不普遍，小说则偏重普遍性，多数流通于平民化的市场。然而这个阶段的中国民众并未受到思想的启蒙，因此他们的需求往往不足以支撑他们阅读过于高雅的作品。小说内容严肃与游戏并存，后期则倾向于以消遣游戏为主。

从清末开始有文人翻译外国小说，因此西方小说的叙述方式对中国现代小说的创作产生了重要的影响。清末翻译小说中，影响较大的主要有"周氏兄弟"（周树人、周作人）的《域外小说集》和林纾的翻译小说。

综上所述，虽然这一时期的文学创作取得了一些发展，但还不能说是现代文学。"谴责小说"虽然已经是白话小说，但其格式仍然是旧的章回体。"新文体"已能相当自由地表达感情、描述时事，然而文字还是半文半白，并未完全做到"言文合一"。至于诗歌，其形式也未有改变，只是一种增添了新思想、新题材的旧诗词。梁启超等人的理论，从其观点到词汇，还保留着许多古文的特征。虽然一切仍然处于"半新半旧"的状态，但是该时期的文学作品为现代文学的产生奠定了基础。

第四节　现代文学的多种表现形式

现代文学包含诗歌、小说、戏剧、散文四种主要表现形式。19 世纪中期以后，现实主义的文学势力开始衰退，取而代之的是现代主义文学潮流。19 世纪末 20 世纪初，西方现代主义文学思潮已经被引进中国，对现代主义文学的发展态势产生了深刻的影响，对中国的诗歌、小说、戏剧等的创作也产生了极为深远的影响。

（一）诗歌

在中国现代诗歌史上，现代诗派的诗歌创作有着极其深远的影响。现代诗派出现于 20 世纪 30 年代，代表诗人有戴望舒、卞之琳、施蛰存、何其芳、废名、纪弦等。他们在创作诗歌时，反对直接抒情，而是积极追求朦胧美；反对格律化，不大讲究诗歌形式的整齐和韵脚，而是以自由的形式和口语化的语言来表达情绪的节奏，从而创造了有着散文美的自由诗体；常常运用隐喻、象征、通感等手法将诗中表达的情绪意象化，从而将难以描述的、隐约的情绪转化成具体可感的东西。另外，他们的诗歌创作基调是低沉的，往往体现出虚无的、悲观的思想和情绪，表现出知识分子的复杂心情和内在痛苦。

（二）小说

到了 20 世纪 30 年代，正当现实主义文学蓬勃发展的时候，中国出现了一个现代主义倾向明显的小说流派，即"新感觉派"，代表作家有刘呐鸥、穆时英、施蛰存。进入 20 世纪 40 年代后，张爱玲的创作为现代主义小说的发展注入了更为新鲜的力量。

（三）戏剧

在中国现代主义文学思潮中，现代主义戏剧的发展并不十分繁荣，而且深受西方表现主义戏剧的影响。在早期，高长虹和白薇的戏剧创作具有一定的代表性。直到曹禺的《原野》问世，现代主义戏剧的创作精神在中国才得到了成功的实践。

（四）散文

"五四"时期，散文成为一种独立的文学样式，实现了从古代形态向现代形态的转变。现代散文起始于《新青年》"随感录"中的一些文艺性短论，主要是议论时政的杂感短论，统称杂文。杂文是现代文学中率先兴起的散文作品，为现代散文的发展开辟了道路。

第四章　现代汉语言文学作品的多维创作

第一节　现代主义诗歌的创作

一、戴望舒的现代主义诗歌创作

戴望舒，原名戴朝察，出生于浙江杭州一个银行职员家庭。1913 年，他开始读小学，毕业后进入宗文中学学习，并对文学产生了浓厚的兴趣。1923 年，中学毕业的戴望舒进入上海大学的国文学系学习，后因上海大学被封转入震旦大学的法文班学习。从 1926 年起，他和施蛰存等人积极从事革命文艺活动，既出版书刊，又发表诗歌，在社会上产生了一定的影响。1930 年 3 月，他经冯雪峰介绍加入了"左联"，之后出任《现代》杂志的主编。1932 年，戴望舒自费赴法国留学三年，回国后到上海，与卞之琳、孙大雨、冯至等人共同创办了在中国新诗史上有着重要影响的诗歌刊物——《新诗》月刊。1934 年，他出版了诗集《望舒草》，这标志着他成为现代诗派的代表诗人。七七事变后，他辗转到了香港，先后出任《星岛日报》文艺副刊《星座》、《华侨日报》副刊《文艺周刊》、《香岛日报》副刊《日曜文艺》的主编。抗战胜利后，戴望舒回到上海，在上海师范专科学校任教，兼任暨南大学教授。1948 年，他再赴香港，并出版了诗集《灾难的岁月》。1949 年 3 月，戴望舒回到北京，担任新闻总署国际新闻局法文编辑。1950 年 2 月 25 日，戴望舒因严重的气喘病在北京逝世，终年 45 岁。

戴望舒一生中创作了不少脍炙人口的名篇佳作，《雨巷》一诗是为他赢得声誉的最著名的作品。这首诗创作于 1927 年，诗中运用了西方象征主义诗歌的象征、暗示等手法：那"悠长又寂寥的雨巷"，象征了大革命失败后社会的政治氛围；抒情主人公"我"的"哀怨""彷徨""惆怅"，象征了大革命失败后一代青年忧伤、痛苦且抑郁的精神状态；而"丁香一样的结着愁怨的姑娘"，象征了诗人对美好理想的向往和不断追求。同时，诗人有意识地将象征主义手法与中国古典诗歌的抒情相结合，营造出优美而精致的诗的意境。另外，这首诗歌也有着很强的音乐性，诗句随着诗人情绪的起伏变化而长短错落，再加上江阳韵一韵到底、不断重复主题性意象和短句，使全诗形成了复沓、回环的节奏，给人以"余音绕梁"的韵味。因而，此诗被叶圣陶誉为开辟了新诗音节的新纪元。

《雨巷》在当时受到读者普遍的欢迎和喜爱，在今天也依然是新诗中的精品。然而，这首被大众十分看好的诗，戴望舒在 20 世纪 30 年代初期编《望舒草》时却将其删掉了。诗人曾发文，对新诗的音乐成分进行否定。他针对新月派的三美要求，指出诗不能借重音乐，也不能借重绘画。也许，他所不满意的是卞之琳所批评的"浅易"和"浮泛"。正如施蛰存所说："在《望舒草》中删掉了这首诗，标志着诗人已进入一个新的时代。""新的时代"的起点便是他的那首《我的记忆》，该诗的写法与《雨巷》有很大的不同。从内容上看，虽然两者都写到情绪、心情，但《雨巷》是通过雨巷、姑娘、丁香等一系列的意象来表现的，而《我的记忆》则深入诗人的内心深处，深入记忆这个意识的层面。把意识层面的记忆作为诗歌的表现对象，说明诗人具有内视和内省意识。而现代主义诗歌的一个重要特点，就是诗人具有自觉的内视和内省意识。

在现代派诗人中，戴望舒的诗是最为深沉的，这种深沉源自他在现代生活中所感受到的现代情绪。20 世纪 30 年代的青年诗人原本是从农村（或小城镇）来到大都市寻求理想的"寻梦者"，他们目睹了农业社会的逐步解体和工业文明的出现，感受着西方意识形态对传统文化的冲击，体验着都市商品社会的沉沦与绝望，理想与现实的矛盾使他们回到了内心世界。因而，诗对戴望舒来说绝不仅仅是一种艺术的追求，还是一种对现实的逃避，更是一种对受伤灵魂的抚慰和净化。

在西方国家，现代主义诗人更倾向于以知觉来表现自身的精神思想，也可以说是通过思想还原知觉，用类似嗅觉的方式感知思想。戴望舒的现代诗亦如此。例如，《古神祠前》这首诗旨在表达诗人对自由的热烈向往、执着追求和追求失败后忧愁的思想感情。诗人并没有进行空泛的议论，而是通过一系列的象征性意象来表情达意。追求自由的"思量"生出了翼翅，像蜉蝣飞上去了，像蝴蝶翩翩起舞；一会儿又化作云雀腾空而起，把清音撒在地上；一会儿又变成鹏鸟，慢慢地舒展开翅膀，准备万里翱翔。然而，由于古神祠阴森肃杀、暗无天日，在白色恐怖下，诗人的向往只能是前生和来世的逍遥游。尽管诗人长久地、固执地追求自由的思想，但是现实的黑暗令人绝望，使忧愁蛰伏在诗人心头。"思量"本来是人类的一种抽象的思维活动,它既无形又无声。可是在诗人的妙笔下,读者看到了它的翩翩舞姿,听到了它的清音,失望之后还会忧愁地蛰伏。诗人把看不见、摸不着的一种理念幻化为具体可感的形象,充分表现了其极度渴望自由的心情。

戴望舒早年的诗作多写爱情的苦闷和个人的忧愁。抗战爆发后,戴望舒的诗歌创作风格突然转变,他将国家和民族的安危深深植入自己的诗作之中,通过民族的苦难遭遇引出个人的不幸,作品整体上充斥着爱国情怀和思想。这个阶段,他的诗歌创作手法大多是写实和象征两种方式相结合,采用的文体形式为半格律的自由体。比如他在香港被日寇逮捕入狱后写的《狱中题壁》《我用残损的手掌》等诗,表现了爱国主义的深情,以及不屈的斗志。其诗的艺术形式较为流畅自然、澄明可诵。

戴望舒的诗歌创作有自身鲜明的艺术特色,具体来说体现在以下几个方面。

第一,戴望舒的诗歌善于运用知觉来表现思想和情绪,或者说善于将思想和情绪还原为知觉。例如,《自家悲怨》这首诗是戴望舒抒发个人思绪和情怀的作品,其中饱含了他的悲怨心绪。在这首诗中,戴望舒用蛛网被狂风刮破借指希望的破灭,自己悲怨的心情就好比狂风里飘摇的"零丝残绪";同时,精神层面的希望被比作蜘蛛网这种物质层面的客观事物,情绪则找到了"零丝残绪"这一客观对应物,从而使虚无缥缈的思想和情绪具象化、事物化、外在化。

第二,戴望舒的诗歌常常借助对比、暗示、烘托、联想等手法对自己的感受和内心世界进行刻画。这在《野宴》一诗中有着鲜明的体现。在诗中,诗人描写了一场清爽迷人的野外宴会,表面看来表达了舒畅的心情、欢乐的胸襟和内心的奔放自由,实际上暗示了女友施绛年置寄居在家里的男友于不顾,却跑到松江对岸去寻找野菊做伴,从而表明自己内心的无奈和悲伤。

总的来说,戴望舒以自己的诗歌创作实践找到了代替格律诗的诗歌形式,即以散文为特色的自由诗体,从而极大地促进了中国新诗的发展。

二、施蛰存的现代主义诗歌创作

施蛰存,浙江杭州人。1922 年,中学毕业的施蛰存进入之江大学学习,后转入上海大学学习,并在此期间开始了文学创作。1926 年,他又转入震旦大学的法文班学习,并发表了小说《春灯》《周夫人》等。1929 年,他在上海水沫书店任编辑,从 1932 年起,他担任《现代》月刊的编辑,并积极进行诗歌创作。七七事变后,他先后在云南、福建、江苏、上海等地的多所大学任教。中华人民共和国成立后,他先是在上海华东师范大学任教,后转向文物考古研究。2003

年 11 月 19 日，施蛰存因病在上海逝世。

与其他现代派诗人相比，施蛰存有着明显的印象主义倾向，还常常用新奇的意象对瞬间抓住的印象和感觉进行表现。这在《银鱼》一诗中有着鲜明的体现。《银鱼》虽然只有短短的三节六行，却对印象主义的表现手法进行了广泛运用，并利用意象之间的相似特征，展开了出其不意的想象，营造了奇幻莫测的、广大的想象空间，含蓄曲折地传达出诗人微妙的失落、惋惜的心情。诗中第一节的"横陈"一词用得十分贴切，既将菜市上摆放的银鱼的状态生动而形象地展示了出来，又不禁使人联想起旧式言情小说描述女子向男子献身的词语"玉体横陈"，从而使诗中带有性的挑逗意味，为接下来描写"土耳其风的女浴场""柔白的床巾"做了重要铺垫。第二节的，"魅人的小眼睛从四面八方投过来"一句，将原本显得静止的意象变得极富动感，也使诗中原本凝重的氛围变得活跃起来。到了第三节，诗人又将原本很有性挑逗意味的"土耳其风的女浴场"变换为"连心都要袒露出来了"的纯情的"初恋的少女"。但这样的转换并不显得突兀和出人意料，反而具有了跌宕起伏之妙。

施蛰存的诗还常常通过生动的意象暗示、隐喻等手法将自己对生命的体验及诠释表现出来，进一步表明了 20 世纪 30 年代青年知识分子在内忧外患背景下的迷茫、彷徨、恐惧和忧伤。这在《桥洞》一诗中有着很好的体现。诗中描写的桥洞本是寻常之物，但诗人非说它是"神秘的东西"，并通过暗示、隐喻、象征等手法将作为客观物体的"桥洞"变为自己主观情感的对应物，进而将自己的内心世界形象地呈现出来。在诗中，诗人将"桥洞"象征为人生的转折点或者说人生的驿站，将"水道"象征为人生的旅途。当人们通过"平静的水道"时，会感到十分庆幸与宽慰；而当"一个新的神秘的桥洞显现"时，人们便会感到不安，甚至恐惧。这形象地体现出人生的艰险和命运的不可把握。

三、何其芳的现代主义诗歌创作

何其芳是一位渴望一些美丽的、温柔的东西的诗人，他的心理、情感以及美学选择都偏向于中国古典的美人芳草，因此其诗中充满了青春的感伤、冷艳的色彩和朦胧的意境。这在《预言》一诗中有着鲜明的体现。这首诗吟唱的是不幸的爱情，诗的开头突兀地写出诗人的心跳。在恋爱之"女神"来临的美好境界中，诗人想象着女神生活的南方是如何美丽，月色与日光、春风与百花、燕子与白杨及如梦的歌声让诗人在恍惚的记忆和眷恋中感到温暖。神的人化和人的神化在想象的世界中融合为一种关怀。诗人劝女神不要冒险前行，愿用"火光"的歌声向她倾诉，或与她同行，用"温存的手"和浓黑中的"眼睛"来给她以温暖与光亮。但是，诗人"激动的歌声"和痛苦的"颤抖"却没有打动女神的心。她"如预言中所说的无语而来，无语而去"，给诗人带来短暂的欢乐，也带来无限的怅惘。

在表现形式上，《预言》一诗用了繁复的意象蕴含诗人乐中生悲的情绪，第四节具象的"藤蔓"和抽象的"回声"等意象尤显诗人想象的生动与微妙。诗中以独白的口吻抒怀，暗示出诗人一厢情愿的热恋和由此带来的空虚。沉郁的语调和缓急相促的节奏与全诗的境界十分和谐，恰当地表现了诗人的失望与痛苦。

何其芳的诗还善于对青春的梦进行描绘，而且就算是描写青春少女的死亡，也会将其诗化并赋予一定的青春的凄美。例如，《花环》一诗就很有特色。这是一首悼念名叫"小玲玲"的少女的悼亡诗，但比起一般的悼亡诗更像是一首赞美诗。诗中没有流露出一丝悲伤之情、悼惜之意，而是通篇以优美的意象和明快的语言对"小玲玲"进行了赞美，表现了她外貌之美和内在之美的统一。另外，诗中将不幸认为是幸福的，将死亡认为是美丽的，实在令人不可思议。但实际上，诗人这样写并不是要达到耸人听闻、令人惊讶的新奇效果，而是有着一定的深意：一是世界上所有美丽的东西都不可能是永恒的，都有一个产生、发展、衰落直至死亡的过程，因而若是在最美丽的时刻死去，美丽便会变成永恒的，死亡也就成为美丽的了；二是少女"小玲玲"是那样的美丽和纯洁，但她却生活在一个腐败、污浊的社会中，她的死亡恰巧保住了她的纯洁。

第二节　现代主义小说的创作

一、施蛰存的现代主义小说创作

施蛰存是中国新感觉派小说创作成就最高的作家，20世纪30年代是其创作的辉煌时期，《将军底头》《梅雨之夕》《善女人行品》三部小说反映了作者这一时期的创作全貌。施蛰存善于用弗洛伊德精神分析学去观察人物的深层心理，热衷于描写人物主观意识的流动，并揭示都市生活的急迫节奏对人物神经的严重冲击。他的艺术实践标志着西方现代派文学在我国文学园地的再植生根，显示了独特的艺术风采。

二、张爱玲的现代主义小说创作

张爱玲，原名张煐，1920 年出生于上海公共租界的一个大家庭。张爱玲的家世显赫，祖父张佩纶是清末名臣，祖母是李鸿章之女。她的父亲是遗少型的少爷，母亲是新式女性，因而两人的婚姻并不幸福，但这却成了张爱玲感悟世情、了解人性的必修课。1931 年，她进入上海圣玛利亚女校就读，并开始发表小说作品。1938 年，她考入英国伦敦大学，但因战事未能前往。1939 年秋，她改入香港大学文学系。1942 年，她回到上海，并坚持文学创作。1943 年，她发表了小说《沉香屑：第一炉香》，引起了文坛的关注。此后，她一发不可收拾，发表了《沉香屑：第二炉香》《心经》《封锁》《倾城之恋》《金锁记》《琉璃瓦》《花凋》《红玫瑰与白玫瑰》等小说以及一些散文作品。1952 年，她再次到了香港，并发表了《秧歌》和《赤地之恋》两部小说作品。1955 年，她去往美国，在坚持进行小说创作的同时也进行戏剧写作。1995 年 9 月 8 日，张爱玲被人发现孤独地死于洛杉矶的家中。

张爱玲的小说创作几乎都取材于家庭和婚恋题材，完全没有涉及政治和重要的事件，这明显不同于当时文坛上对"国家""阶级""民族"表达的热衷。同时，她的小说创作底色是苍凉的，"旨在写出现代人虚伪中的真实、浮华中的朴素，表现不彻底的平凡人的苍凉人生"。《倾城之恋》和《金锁记》是张爱玲在中国现代文学史上最重要、最著名的两部小说作品。

《倾城之恋》的主人公白流苏是上海破落望族一个离过婚的女人，到香港待价而沽，以巧妙的方式接近当地著名的富商，同时也是一位花花公子的范柳原，并打算用自己的人生当作赌注。在这场赌局中，一旦输了，她便会声名狼藉；而一旦赢了，她便能得到虚荣和地位，成为众人艳羡的对象。于是，两人进入了真真假假的两性游戏，嘴上是美丽的甜言蜜语，实际上却是吸引、挑逗，无伤大体地攻守，谁也不认真。后来，抗日战争爆发，两人在生死攸关时才得以真心相见，并许下了天长地久的诺言。战争结束后，两人在报上登了结婚启事。可实质上，范柳原娶白流苏既不是因为爱情，也不是由于她的魅力，只是香港的陷落成全了他们。这种倾城之恋的实质和传统的倾城之恋之间存在强烈反差，耐人寻味。

《金锁记》通过叙述一个古色古香的故事，阐释了"金钱能使人的心灵扭曲"这一现代文化命题。小说的主人公曹七巧是麻油店老板的女儿，举止粗俗，爱耍小奸小坏，后因金钱嫁到姜家做了二奶奶。曹七巧的丈夫是一个患有骨痨的病人，坐起来脊梁骨便直溜下去，实在没法拿他当人看，这使得她被困在情欲之中。为了发泄自己的情欲，她挑逗风流倜傥的三爷姜季泽，可得到的回应是无动于衷。后来，曹七巧以自己的青春和爱情为代价，分得了偌大一笔金钱，带着儿子长白、女儿长安租房另过。为了将金钱牢牢掌握在手中，曹七巧变成了一个自虐和虐人的变态狂。她赶走了觊觎自己的金钱而想与自己重叙旧情的姜季泽；为了牢牢抓住她生命中唯一的男人，她教唆儿子长白吸鸦片，并在儿子娶妻后虐待儿媳，还常常把儿子留宿在自己的房里，弄得儿子"丈夫不像个丈夫"、自己"婆婆不像个婆婆"，最终将儿媳凌辱折磨致死，使儿子成了她替代的丈夫；她阻碍女儿长安的婚姻，还哄她吸食鸦片，使长安终生未得到幸福。

张爱玲从小便受到中国传统文学文化的熏陶，长大后出国求学又接触到西方的现代主义文学，因而在文学创作方面形成了独特的风格。张爱玲笔下的小说包含了传统小说文学的叙事性和现代主义文学的批判性。例如，她的小说中多有关于角色内心和意识的描写，并富有暗示和象征的意味；她在小说里运用联想的表现手法，详细剖析人物角色的心理，展现了人物病态的内心，这也是张爱玲小说的主要特点。张爱玲具有清晰的时代感与精细的把握能力，甚至仅仅通过对衣饰与环境的描写，也能将时代与社会的变化生动具体地表现出来，透露出浓浓的文化意蕴。

第三节　现代主义戏剧的创作

一、曹禺的现代主义戏剧创作

曹禺在《原野》（三幕剧）中将其对人性的剖析进一步向心灵深处开掘，描写了一个受封建宗法思想影响的农民复仇者的心理悲剧。此剧在莽莽苍苍的原野上展开了仇、焦两家因历史仇恨而激发的冲突。戏剧正面表现的是八年后仇虎逃出牢狱来到焦家报一家两代之仇，使冲突在仇虎与焦母之间展开。曹禺通过激烈的戏剧冲突，刻画了仇虎这个农民复仇者满蓄仇恨与反抗力量的灵魂。同时，他也将焦母的暴戾、凶残、诡计多端刻画得入木三分，极富个性特征。

剧本对仇虎角色形象的设计使用了内外两种不同的戏剧冲突。外部冲突表现为仇虎一心复仇而与焦母发生的冲突，展现了仇虎作为农民的反抗精神；而内部冲突则表现为仇虎为实施复仇而杀人的内心冲突，杀人后的仇虎感到强烈的恐惧和内疚，这也奠定了故事的悲剧主题。但是，这两种冲突并没有造成仇虎形象的前后隔离。仇虎复仇的对象是焦阎王，而他之所以忍心下手杀死焦大星，就在于焦大星是焦阎王的儿子。仇虎原本是受害者，因不忿命运的不公而奋起反抗，最终却并没有对真正的施害者造成影响，反而陷入了自责和愧疚的泥沼之中，在内心的恐惧中承受着痛苦的折磨。仇虎本已坠入恐惧的深渊，加上自身的愚昧和迷信，焦母夜里叫魂不断响起的鼓声更使他感到恐怖异常，逐渐产生幻觉。在曹禺的剧本中，舞台上焦家的布置大有深意：一面挂着作为黑暗统治者的焦阎王的画像；另一面却摆着供奉菩萨的神龛，暗示着黑暗世界对不幸者的精神统治，表现了人物的愚昧和迷信。这些都是仇虎的自身内心魔鬼的体现，使得他身上悲剧性的戏剧冲突更加显著。剧本的序幕中描写了仇虎挣脱掉来自焦阎王的肉体上的镣铐，然而却无法摆脱黑暗统治者给他套上的精神枷锁。直到最后，他只能回到自以为早已敲碎的镣铐面前。事实上，无论是肉体还是精神，他都从未脱离镣铐的束缚。

剧本在塑造仇虎形象的同时，还成功地塑造了花金子与焦大星的形象。花金子与焦母针锋相对，而又勉强能够自我克制。她满怀狂热的青春激情，对焦大星这个窝囊废既同情又厌恶；她风流、泼野，以女性的诱惑力吸引着仇虎，并将这种肉体的欲望升华为精神的爱恋。所有这些都与仇虎原始的激情互相呼应，并被表现得血肉丰满、富有魅力。同时，焦大星也是曹禺长于描写的人物形象。这个善良人的懦弱无能，源于焦阎王夫妇的封建淫威与刚愎意志，他忧郁痛苦的灵魂也是由其父母的罪恶直接或间接铸成的。这个形象与《雷雨》中的周萍、《北京人》中的曾文清属同一类型。

在《原野》中，曹禺通过塑造仇虎这位因杀人而心灵分裂的悲剧英雄完成了一次对人性潜在深度的探索。这是受到莎士比亚悲剧《马克白斯》的影响。剧本第三幕中详细描绘了仇虎在森林中奔逃时产生的种种幻觉。这是借鉴了美国剧作家尤金·奥尼尔所写的《琼斯皇》的表现手法和艺术形式。就表现主义艺术手法这一点而言，《原野》和《琼斯皇》两部剧本具有诸多相似共通之处。曹禺将仇虎内心的悲剧性戏剧冲突作为贯穿全剧的线索，反复强调了他受害者的身份，向观众展现了主人公在恐惧和幻觉之中苦苦挣扎的痛苦的精神世界。总之，曹禺在现实主义中吸收了表现主义，成功地进行了一次艺术尝试。

二、白薇的现代主义戏剧创作

白薇，原名黄彰，出生于湖南资兴的破落地主家庭。其父黄达人曾参加同盟会，在日本留学期间及回到家乡初期思想激进。但在家族意识中，黄达人又有着浓厚的专制思想，为白薇指定婚事，并在婚姻问题上让白薇饱受旧礼教的摧残与折磨，甚至导致白薇一生的命运悲剧。但她并不遵循"女子无才便是德"的古训，从而获得了接受教育的机会。面对封建婚姻的枷锁，具有新思想与新精神的她勇敢地选择了反叛与抗争。为了寻求自我的独立生存与精神自由，她先赴上海，继而东渡日本。在日本，她历尽艰辛，后在郭沫若、田汉等人的影响下开始了文学创作，并成为中国现代文学史上最著名且最有成就的女戏剧作家。

1922年，白薇在郭沫若、田汉等现代戏剧大师的影响下创作了第一个剧本《苏斐》，发表于当时影响巨大的文学刊物《小说月报》上。这部作品讲述的是苏斐、亚斐姐妹同恶少陈特之间的爱情与恩仇。陈特因得不到苏斐的爱，便暗害了苏斐的父亲和她的恋人华宁，还害死了亚斐和七姑，强占了他们的全部家产。万念俱灰的苏斐身陷太行，潜心宗教，想以此获得灵魂的安宁。此时，她与上山游玩的陈特相遇，未曾料到陈特淫邪不改，对她进行调戏。苏斐假意与其周旋，欲趁其酒醉之际复仇。但事到临头她忽然放弃了这一念头，而用"无抵抗精神，感化这个罪囚"，结果双双皈依宗教。虽然白薇在这部作品中宣扬了宗教之爱的慈悲与博大，我们也能从中敏锐地感受与体验到她怀着对爱的虔诚与膜拜之心来追求真正的爱情，但陈特的残忍、淫邪与卑劣不仅让爱情的美梦成为泡影，并且给她带来了浓重的悲剧宿命。此剧末尾处的陡转虽与人物的性格逻辑及整个作品的艺术逻辑不合，却折射出作者在面对人生苦难与人性罪恶之时，想寻求一种超越与解救的可能。虽有以空幻虚无之爱来化解世间苦痛的柔弱与幼稚之意，但也可见作为女性作家的她对爱的虔诚与渴念。

真正为白薇带来文坛声誉的当属其创作的三幕诗剧《琳丽》。陈西滢读完白薇的这部作品之后很是兴奋，对其中曲折的剧情、瑰丽的诗意、哀婉的情调与奇特的想象予以高度评价："我们突然发现了新文坛的一个明星。"其赞美之情溢于言表。在《琳丽》中，女主人公琳丽热烈地爱上了艺术家琴澜，把人生的一切都丢弃了，认为"人生只有情才靠得住，所以，我这回要特别执着我的爱，人生最深妙的美只存在两性之间"，"我是为了爱而生的，不但我本身是爱，恐怕我死后，我冰冷的那块青石墓碑，也只是一团晶莹的爱，离开爱还有什么生命，离开爱能创造血和泪的艺术么！"可谁知痴情女偏逢薄情郎，琴澜是一个"泛爱"论的践行者，他又爱上了琳丽的妹妹璃丽。在失恋的痛苦折磨下，琳丽决心追求知识和艺术，成为一个剧作家，去她心目中的殿堂——遥远的莫斯科追求新的生活。最后，她带着"骄爱"的矜持和人生的幻灭感，"周身佩着蔷薇花，死在泉水的池子里面"。如果说《苏斐》中还含有反对包办婚姻、追求爱情自由的内涵，那么《琳丽》中"爱情至上"的唯美主义倾向和"颓废""幻灭"便成了主调。但戏剧在戏剧冲突上却是颇有意味的，那就是不再将剧情矛盾设置为追求自由爱情与封建礼教之间的冲突，而是赋予隐秘的心灵世界以动人的景观，专注于理想与现实的冲突、"灵"与"肉"的搏斗。如果说琳丽渴望的是圣洁理想的"爱"，那么琴澜则代表的是现世泛滥的"爱"。从其根本上来讲，就是"爱"在面对人性自身的欲望与贪婪时的悲剧与失落。这就是说，我们虽然可以从缺乏现实性与生活深度等方面来对其进行批评，但她的作品在一种奇诡美幻的色彩下，对人性自身矛盾的揭示无疑更有普遍与深远的意义。

第四节　现代主义散文的创作

一、现代散文的开端与发展

1924 年 10 月，《晨报副刊》编辑孙伏园因受新月派排挤而辞职。1924 年 11 月，孙伏园在周氏兄弟的支持下创办了《语丝》周刊。从 1924 年年底到 1930 年年初，历时 5 年多时间，他以《语丝》周刊为依托，围绕着鲁迅，在语丝社的旗号下聚集了一批后来在文学史上赫赫有名的作家和学者。语丝社倡导"文明批评"与"社会批评"，继承了《新青年》批判旧思想、旧文化、旧道德和鞭挞社会丑恶与黑暗的精神传统。鲁迅是语丝派的核心作家，而林语堂是仅次于鲁迅的语丝撰稿人，又是提倡幽默小品的散文家之一。他的《剪拂集》多以嘲讽之笔对社会和文明进行批评，讽刺的外壳中包裹着幽默。

语丝社内的文学创作者，其散文的文章风格和思想内涵都不相同。然而这些作家对于时事和社会的批判、讽刺却能够达成一致，并逐渐演变成独特的"语丝文体"。"语丝文体"中对思想内容的束缚性低，并主张以新的文学文化替代旧的；同时他们在艺术层面将文艺性极强的短论和富有艺术气息的散文随笔作为主要创作形式，风格幽默诙谐，讽刺意味深长，对事物的评判一针见血。

20 世纪 20 年代中期，语丝社与现代评论派、北洋军阀政府、国民党新军阀及社会上的各种新与旧的黑暗势力发生了激烈的交锋，尤其是与现代评论派的论争。现代评论派于 20 世纪 20 年代中期出现，其成员多是欧美留学归来的自由知识分子，他们的政治倾向与鲁迅相对立，他们的散文创作思想取向也与语丝社不一样。现代评论派的散文作家的代表人物有陈西滢、徐志摩、吴稚晖等。

20 世纪 30 年代，左翼作家处于被压迫中，他们看重散文的现实批判性与论战效果，于是将"匕首"与"投枪"的杂文作为他们首选的文体。自此，杂文进入创作的繁荣期。"左联"的许多进步文学刊物，如《萌芽月刊》《芒种》《海燕》等在一段时期内刊登了大量的左翼杂文。鲁迅创作的杂文对当时的文学创作者具有深刻的启迪和影响作用。这些作者数目逐渐增多，被称为"鲁迅风"杂文作者群，其中文章建树最为卓越的就是瞿秋白。在鲁迅杂文风格的影响下，瞿秋白所创作的文章大部分主打对当时政治和文化的批驳，具体文章有《苦闷的答复》《出卖灵魂的秘诀》《狗道主义》等。这些杂文在对社会进行批判的同时，也表达了人们对新世界的渴望。这种思想在《一种云》《暴风雨前》等文章中皆有表现。瞿秋白的杂文艺术视野开阔，善取类型，杂文形式不断创新。瞿秋白创作的十几篇杂文曾被鲁迅收录于自己的文集之中，其风格、手法令读者几乎无法区分文章的真正作者。

这一时期还有一批年轻的杂文作者涌现出来，其中唐强著有《推背集》《海天集》。他的《新脸谱》因被误认为是鲁迅所作而受到攻击，这也足见鲁迅对这一时期左翼作家杂文创作的巨大影响。

其他杂文作家还有巴人、柯灵、聂绀弩、曹聚仁等，他们的主要成就都在抗战之后。这些作家杂文的风格特色都可以用"鲁迅风"加以概括。

唐强初写杂文时，被认为具有鲁迅风格。而他本人则始终认为，杂文既是文学形式的一种，必须具有艺术性。他的方法经常是"在百忙中插入闲笔，在激荡的前面布置一个悄静的境界"（《短长书》序言）。例如，唐强所写的《株连草》这篇文章，其主旨是对日本将中国本土知识完全封杀的抨击和驳斥，但他在文章中却并未以激情的话语进行表述，反而使用了富有诗意的开篇："不料又到了冷冷的细雨的夜里""疏落的狗声""我的心像一颗冰冻了的火球盘旋于广漠的空际"等。唐强在开始议论之前，首先为读者打造了一个合理的、可容纳题目的心理空间，所谓"闲笔"不闲，对思想感情层面的描写加大了整篇文章的批判力度。在唐强的杂文中，锋利的议论中时常跳跃出诗式的短促段落，这使得他的杂文风格既有别于鲁迅，也有别于同时代的其他杂文家。

二、现代美文的发展

用散文表达某种人生意趣和境界的作者还有丰子恺、梁遇春、许地山等，他们的散文都各有特色。例如，许地山的散文集《空山灵雨》，表达了对人生的感悟和思索，极富哲理性的《落花生》就是此集中的名篇。《落花生》一文质朴短小，有寓意，主张人生"要学花生，因为它是有用的，不是伟大好看的东西"。梁遇春的散文《春醒集》《泪与笑》等，有英式人生哲理散文特色，他也因此被称为"中国的伊利亚"。他在文中谈论知识，探索人生，或旁征博引，引类取比，或触景生情，浮想联翩，就连睡懒觉这类题目也能拉闲扯淡，妙语连珠，似乎比一般常人更能体味人生滋味。他的散文风格潇洒玲珑、多姿多彩，受英国随笔的影响，多具孤傲、懒散的绅士风度。

丰子恺从 20 世纪 20 年代中期开始创作小品类型的文章，《缘缘堂随笔》是他的代表作。丰子恺的文章能够将生活用类似佛理的方式展现，从平凡事物中发现客观规律，通过对事物进行翔实的描写、朴实的叙述，使其生动、活现。这一特点也体现在他的画作之中。丰子恺在看到人世间的昏暗后，企图逃入儿童的世界。

20 世纪 30 年代后，丰子恺与夏丏尊、叶圣陶等人同为上海立达学园的同事，又因聚集在开明书店周围而被称为"开明派"。他们都是积极的人生派、热切的爱国者，讲究品格、气节和操守，但与政治保持一定的距离。他们认为小品散文适于传授写作技能，能够为学生学习写文章提供范文，所以历来重视中、小学语文教学。开明派中的许多作家都当过中、小学教员，因而很自觉地把文学教育作为写作的目标之一。他们的许多作品拟想的读者都是少年学生，因此平淡如水、明白如话，却善于在平凡中发掘生活的哲理、追求高远的情境，严谨而有韵致。

随后，丰子恺的散文视野日趋开阔。《肉腿》《西湖船》等篇记叙了劳动人民生活的苦难；《辞缘缘堂》《胜利还乡记》等篇表达了对乡土的眷恋，以及对日本侵略者的愤慨；《贪污的猫》《口中剿匪记》等篇则讽刺了贪官污吏。他在艺术上长于在记叙中说理，描写婉曲；善于择取蕴含哲理的生活片段，富于谐趣。

这一时期，继承并发展了开明派散文风格的还有林语堂。

1932 年 9 月，林语堂创办了《论语》半月刊，其后又陆续创办了《人间世》和《宇宙风》两本杂志。这两本刊物主要刊登的作品为小品文，主张幽默诙谐、独抒性灵的创作风格。从 1932 年《论语》创刊到 1936 年去美国，林语堂发表各种文章近 300 篇，其中一部分收录在《大荒集》和《我的话》二集中。林语堂国学和西方文学功底都比较深厚，他熟悉中西文化，后期还创作有中英双语的作品，从中西结合、中西对比的角度看待问题。林语堂创作的小品文大多以具体事物为文章开篇，并以此延伸出对我国传统文化与外来文化的利弊对比和分析。同时，林语堂创作的小品文中贯穿了他对国民改造以及传统文化转型的思考。他自作对联"两脚踏东西文化""一心评宇宙文章"，用以自况。他以文白夹杂的"语录体"，庄谐并出地谈性灵、说自我、话闲适，不乏庄谐并出、清新自然之作。

林语堂在移居国外后，出版了《吾国吾民》《生活的艺术》等弘扬中国文化的作品，并且使用英文创作、出版了许多小说。他创作的《瞬息京华》后译为中文版本，作为仿红楼的现代文学作品在国内引起很大反响。

提到现代白话美文，朱自清与冰心的文章也颇有影响。他们以文字优美，善于用白话叙事、抒情而著称。朱自清是极少数能用白话写出脍炙人口名篇的散文家，冰心的"冰心体"散文更容易引起未涉世事的青年读者的共鸣和模仿。

朱自清早年是新潮社的重要成员，主要创作新诗，曾编辑中国现代文学史上最早的诗歌刊物《诗》，并著有长诗《毁灭》。此后朱自清参加文学研究会，转向散文创作。1923 年，朱自清发表了《桨声灯影里的秦淮河》，显示出他散文创作的才能。1928 年 8 月，朱自清出版了散文集《背影》，在文坛上引起强烈反响，并以平淡朴素而又清新秀丽的优美文笔独树一帜。

在中国新文学史上，朱自清是享有盛誉的散文大家。叶圣陶曾指出："讲授中国文学或编写现代文学史，论到文体的完美，文字的全写口语，朱先生该是首先被提及的。"但朱自清在 20 多年的散文创作生涯中，前后的风格差别很大。他前期的散文优美抒情，具有美文的特质；后期的散文则侧重议论，偏于说理，具有杂文的性质。朱自清主要的散文集有《温州的踪迹》《诗文合集》《背影》《你我》等。

朱自清的散文，首先是美的白话文。在打破"美文不能用白话"这方面，他是贡献最突出的一位。他的散文是纯粹的白话文，文字几乎全部口语化，语言朴素优美、生动自然，是"白话美文的模范"。这具体表现在他的散文语言富有节奏感、韵律美，长短句搭配错落有致、朗朗上口。朱自清的散文善用比喻，暗藏通感、拟人等手法，准确贴切、活泼新奇，集赋、比、兴各种手法于一体，起承转合之中含义隽永。朱自清的写景文用精雕细刻的工笔手法和大量的比喻，把景物表现得栩栩如生，使人读后有特别真切的感受，如同身临其境、亲见其景。尤其是《荷塘月色》《绿》用清丽的文字描写自然风光和人文景观，意境优美。同时，朱自清又善于将景与情、情与景巧妙结合，形成情、理、趣、景相融为一的艺术境界。例如，《匆匆》全文不过六七百字，却跳动着美的节奏和美的旋律。

冰心的《往事》《寄小读者》等对当时的青少年有极大的魔力，并在当时被引入学校课本。冰心擅长用散文形式将自身的诗意和情感表达出来，她所创作的大多数散文都具有诗歌的特质。冰心在文章的创作中对诗意的把握以及对哲理的理解，共同将她的作品推向了清新脱俗的审美境界。

三、抒情散文的发展

抒情散文在 20 世纪 30 年代京派作家笔下得到了发展。以文字之美而论，抒情散文的代表人物首推何其芳。

何其芳，四川万县（今重庆市万州区）人，1929 年开始在《新月》等杂志上发表小说、诗歌；1931 年进入北京大学致力于诗和散文的创作，作品结集有散文集《画梦录》《刻意集》。

何其芳与李广田、卞之琳并称"汉园三诗人"，三人合出了诗集《汉园集》。卞之琳的主要成就在诗歌上，李广田的主要成就在散文上。何其芳和李广田对文学的思想观念十分相似，同时二人的创作历程也有共通之处，但表现于文章之中却成了两种全然不同的风格类型。李广田著有散文集《画廊集》《银狐集》《雀蓑集》《日边随笔》等。他的散文主要叙写平常事，寓情感于叙事；寄意深远者，则凝聚为散文诗。其作品《山之子》《老渡船》《柳叶桃》多写乡村小天地中备受苦难的劳动人民的种种不幸，《记问渠君》《黄昏》刻画了黑暗时代知识分子的心灵创伤和苦闷彷徨，《扇子崖》《野店》《画廊》摹绘了故乡的山水神韵和风俗人情。20 世纪 40 年代后，李广田的文学视野更加广阔，其作品的题材也更加丰富，在创作手法中加入了锋芒更利的杂文笔法。比如，《一个画家》抒发爱国情感；《没有名字的人们》《圈外》《没有太阳的早晨》揭露阶级压迫，控诉黑暗社会制度；《建筑》颂扬工人的创造力量。李广田在写作上擅长刻画人物，富于想象，风格浑厚朴实。

与此同时，丽尼、陆蠡、缪崇群的抒情散文在散文创作中也是独具特色的。

丽尼作为一位散文文学家，是常感悲伤且满怀忧愁的。她所作的《白夜》《黄昏之献》《鹰之歌》等散文集都运用了散文诗的写作手法，表达了封建社会制度下青年人对爱情的需求和渴望，以悲哀的情绪控诉了当时社会对爱情的束缚和扼杀。她创作的《秋夜》《原野》《森林》等作品真实描述了农民阶层破产后贫苦艰难的生活状态；《鹰之歌》《夜间来访的客人》《急风》《寻找》赞颂了革命者的反抗斗争精神，表达了憧憬光明的想法；《江南的记忆》抒发了炽热的爱国情感。丽尼文学创作的前期将情感的抒发表达作为主要的创作内容，后期才强化了文章的叙事性质，使小说和散文两种文体形式彼此结合，通过抒情和叙事两方面揭示社会生活中的哲学道理。

陆蠡前期所作的散文集多以对哀怨、幻想、纯真等情感的表述为主，如《海星》；后期出版的散文集如《竹刀》《囚绿记》等，则增添了更多的叙事性质。他的作品《嫁衣》《庙宿》等对乡村女性的悲惨人生经历进行了详细的描写，《竹刀》则将山民的反抗用极其壮烈、传奇的方式表述于文章之中，《囚绿记》表达了作者对民族精神的歌颂和自身坚定的民族信仰。他的散文作品主打个人主观思想情感的抒发，采用散文诗的写作手法，为读者展现了一个纯粹、真挚、精美的情感世界。例如，《海星》《荷丝》等作品都具有这样的特点。而在他的作品中也有类似《灯》《独居者》这样情节曲折，人物经历跌宕起伏的叙事性文章。

缪崇群在散文的创作中可谓倾注了大量的心血。他前期创作的散文集《晞露集》，描写了自己少年时期的生活经历和留学日本后的人生遭遇，表达了他对青春的追怀和感伤。《童年之友》《芸姊》《守岁烛》多写儿女之情，交织着他探求人生的寂寞和忧伤。之后缪崇群所作的散文文集如《寄健康人》《废墟集》等，逐渐将文章重心落在了对现实社会中人情百态和生活现象的描写上。例如，《北南西东》《疯子进城》等文章对社会的现实状况展开了翔实的描写，表达了他同情弱势群体的心态，以及自身郁闷愤然的思想感情。他的《苦行》《血印》《一觉》控诉日帝侵略，情绪激昂；《夏虫之什》以象征隐喻的手法，讥讽社会现实，探究人生；《人间百相》则对当时社会上的民众百相作出了详尽的描述；《街子》《牛场》等文章描绘了云南少数民族的民俗、民情等。缪崇群擅长叙述社会故事、描写世情百态，他的作品通常富有人生规律、哲理，其文学风格偏重于亲切朴实和细腻婉转。

"五四"时期，创造社的出现带动了浪漫派文学的发展，这一派系的作者所写的散文作品与他们的小说、诗歌等包含着相似的情感和意义。这一派作家的散文中自我形象或情绪十分鲜明，并具有浓郁的抒情性。其中以郁达夫为主要代表人物，其纯真、率性、热烈的文字形式将自身的思想与个性完全显露出来，是当时散文家中具有独特风格的创作者。郁达夫曾表明，对于自己来说，散文是比小说更富有自叙性质的文学体裁。他和郭沫若的散文都将自身的人生经历加入其中，以真实、直率的方式批判了现代社会的丑恶和官僚主义的腐朽，并在字里行间表达了他们对当时时代的忧郁情怀。郁达夫作为一名坚持爱国主义的文学作家，其面对社会时的苦闷、伤怀的情感都尽数倾注于自己的散文篇章之中。

郁达夫的《归航》《还乡记》《还乡后记》《屐痕处处》显示出其散文的特点：文笔恣肆，率真酣畅，自剖自叙中时露激愤之音。同时，他的游记寄情山水，以清婉取胜。

四、报告文学

报告文学作品始见于"五四"时期。在 20 世纪 20 年代，影响力最大的报告文学作品是瞿秋白的《饿乡纪程》《赤都心史》，它们开创了中国报告文学的先河。

《饿乡纪程》《赤都心史》是最早介绍社会主义国家苏联现状的报告文学式散文，记载了作者赴苏的经历。另外，具有代表性的报告文学作品还有冰心的《寄小读者》、徐志摩的《巴黎的鳞爪》、梁绍文的《南洋旅行漫记》。

较早的报告文学集有阿英主编的《上海事变与报告文学》。1936 年，夏衍的《包身工》和宋之的的《一九三六年春在太原》问世，由周立波所译的《秘密的中国》、由阿雪所译的《上海——冒险家的乐园》先后发表，推动了报告文学创作风气的形成。茅盾主编的《中国的一日》以 1936 年 5 月 21 日这一天发生在全国的事件为题，从征求的 3000 多篇稿件中选出了 500 篇文章予以出版。这一年形成了报告文学的热流，并掀起了 20 世纪 40 年代报告文学创作的高潮。夏衍的《包身工》被公认为是早期报告文学的代表作，它和宋之的的《一九三六年春在太原》克服了此前报告文学重报告轻文学的缺点，实现了新闻性、纪实性与形象性、情感性的融合与统一。它们的出现标志着中国现代报告文学的成熟。

这一时期，对具有新闻性、纪实性的报告通讯产生较大影响的还有李乔的《锡是如何炼成的》、梅益主编的《上海一日》、邹韬奋的《萍踪寄语》、萧乾的《流民图》、范长江的《中国的西北角》《塞上行》等。

第五章　汉语言文学的多维风格

第一节　汉语言文学风格的内涵

一、风格的定义

通过对多种文学风格的理论性总结，我们将文学风格简要定义为：文学创作者在其作品中所展现出来的有关言语结构和文章整体的创作个性，以及能够带动读者审美和阅读享受的艺术独创性。

二、创作个性与文学风格

（一）创作个性的定义

创作个性原本的含义是苏联对待文学的一种批评术语，现在这一特定词汇已经在我国得到普遍化使用。创作个性这一概念刚出现时，所指的是艺术创作者作品的创作风格的独特性，进而将创作风格的概念具体化，定义为艺术创作者在作品创作过程中所展现的与众不同的特点和个性。这样的概念的定义，使创作个性和创作风格保留了原本的相似之处，同时又得以区分。此外，创作个性在人们的习惯认知中又与创作者的日常生活个性混杂在一起。正因如此，对创作个性进行准确定义就非常重要。要定义创作个性，需要做的第一点就是将创作个性和文学风格的概念相区分。文学风格涵盖的范围广，而创作个性只是文学风格主观层面的概念，是小于文学风格的，若不与客观层面的事物和规律相结合，其表现的就只是创作者内心的精神思想，即创作者的个人气质、人格理念、艺术追求和文学审美等。只有将创作个性和客观现实结合起来后，它才能真正成为文学风格的一部分。因此，创作个性是文学风格的核心基础，同时也是文学风格的重要组成部分。读者可以通过一部作品在客观上所表达的情感和自身的阅读体验，来大致评判作者的创作个性。根据上述说法可知，风格是从内部进行定义，并由内而外展现出来，是作家内在心理生活的表现和作家个人内心思想状态的体现。其中时代、民族、地域都是影响文学的重要因素，这些不同时期、不同民族、不同地域的文化和传统对文学创作者的影响是巨大的。即便在相同的条件下，不同作家的文学作品也会出现差异化，表现出异中有同的特性，形成多种文学风格和文学特色。因此，文学风格的形成是无法单独归结于创作个性的，二者的定义和概念更不能相互混淆。

在谈到创作个性时，应将作者的日常生活个性与之区分开来。存在于生活中的个性是具有普遍性的，且每个人都拥有这样的个性，如性格秉性、思维方式、表达习惯等。而创作个性却不具备这样的普遍性质，它是在创作者进行实际创作时产生，并通过不断的创作实践发展、完善的。没接触过创作行业和创作实践的人是不具备创作个性的，而这部分人所拥有的创作方面的能力也只能称为创作潜能。文学艺术创作者虽同时拥有创作个性和日常生活个性，且创作个性是在日常个性影响下产生的，但二者却不能混为一谈。部分作家的这两种个性之间存在较多的共同点，也有部分作家的这两种个性截然相反。这与其创作的需求和目的相关，如果创作者的艺术发展需求强，就会主要根据创作需求形成自己的创作个性，相反就会保留其原本生活中的个性而进入创作个性之中。在世界文学历史上，有许多作家的日常个性和特征与其创作个性都不同，甚至是截然不同的例子。就文学作品的表达形式而言，直抒胸臆、展现自身心理的文学作品往往是两种风格彼此一致，而富有多层面寓意和思想的文学作品则有可能会出现作者的两种个性差异显著的情况。艺术类别和文学体裁的不同不仅会导致创作个性形成的方向不同，对创作个性形成后的发展也会产生相应的影响。拜伦的个性具有绝不妥协的刚强果敢的特点，他从不在意法律和规定，但在创作领域却能遵守"三整一律"的规则。歌德对此评价道："拜伦通过遵守三整一律来约束自己，对于他那种放荡不羁的性格来说，倒是很适宜的。假如他懂得怎样接受道德方面的约束，那多好！他不懂得这一层，这就是致他死命的原因。可以很恰当地说，毁灭拜伦的是他自己的放荡不羁的性格。"歌德对拜伦为人处世等方面的个性和人格缺陷提出了种种批评，却对他的创作个性和成就给予了充分的肯定："但是他在创作方面总是成功的。说实话，就他来说，灵感代替了思考……他做诗就像女人生孩子，她们用不着思想，也不知怎样就生下来了。""他是一个天生的有大才能的人。我没有见过任何人比拜伦具有更大的真正的诗才。在掌握外在事物和洞察过去情境方面，他可以比得上莎士比亚。""作为诗人，他显得像绵羊一样柔顺。"

（二）创作个性转化为文学风格

由创作个性的定义可知，日常个性不能直接形成文学风格，必须通过审美创造升华为创作个性，才可能在作品中形成独特的艺术风貌。创作个性是位于日常个性和文学风格之间的环节。

许多创作理论忽视了创作个性的中介功能，认为单纯的日常个性就能形成一定的文学风格，这无论在理论上还是实际上都是不成立的。我国传统的文学风格理念源自魏晋时期，这个阶段诞生了风格的相关概念，如风韵、神韵、风骨等。然而这些概念和定义起初并不是用来形容和评判文章的，而是用来评论人的，是指士人的品学、德行等特征。对人的品评当属汉末最盛，并一直延续至魏晋时期。士人在这种重精神评价轻形式评价的影响下，将不受封建观念和礼制束缚的精神态度作为崇尚的对象。通过多个词汇表达同一含义的现象和理念早期都是用来对人进行评判的，直到现在中国的语言习惯中还保留了这一特点。评价人时常说到关于这个人的风格特征，而类似这样的说法都是与文章的评论无关的。和现实生活只有经过审美活动的升华才能变成文学作品一样，作家的人格、修养、生活个性也只有在审美中得到升华才能融入作品的风格之中。这就是说，作家的人格修养、生活个性并不能直接转化为风格，而必须在与作家的审美素质有了内在的适应性，并接受审美素质的改造、转换之后，才能成为创作个性的有机构成因素，进而通过整个创作个性的作用转化为风格。创作个性所表现出的特征是存在于艺术品格之中的，是创作者结合了日常生活和创作实践中的经验而形成的一种稳定的人格气质、审美理念和艺术才能等多方面的集合体。这些精神层面的特征也为文学创作者创作的作品增添了多重色彩，将作者自身对生活和世界的观察和感受带入作品之中，使其能够在表述自身情感的同时了解并展现客观事物的特性，构建出一个独属于创作者的个人艺术空间。通过对这个空间的感知和运用，创作者能够将个人的能力和特色留存于作品之中，表现出独一无二的风貌。

例如，我国古代田园诗的代表人物陶渊明就具有鲜明的创作个性。他"少无适俗韵，性本爱丘山""久在樊笼里，复得返自然"，将人性追求自然的这一特征作为自身的人生理念和审美需求。在这种思想理念下，陶渊明所作的诗文多数描绘了田园耕种的生活形态，歌颂了田园的自然风光和美丽景色，表达了他对田园农耕生活的向往和渴望；同时，以田园生活对比官场，鄙视官场之中的尔虞我诈和城市之中的喧闹虚荣，抒发了他性本自然、委运乘化的人生态度。他的诗作文辞简朴平淡，率真自然，不见雕琢痕迹，在平淡之中存高远，以宁静之风传递盎然生机，可谓"一语天然万古新，豪华落尽见真淳"。所以，苏轼说陶诗的风格"似曜实丰"，又说"观陶彭泽诗，初若散缓不收；反复不已，乃识其奇趣"。再如，出生于没落贵族家庭的温庭筠，性格放荡不羁，出入歌楼妓馆，精通音律，有着很高的艺术修养，"能逐弦吹之音，为侧艳之词"，常为王公贵族娱宾遣兴而作，形成了与陶渊明一类田园诗人完全不同的创作个性。这就决定了他专以房帏儿女为题材，刻意描绘玉楼、纱窗、帘栊、枕屏、锦衾、薰帐、玉人、罗襦、香腮、云鬟、愁黛、雪胸之类，在语言上讲究文采和声情，从而形成了裱艳香软又声情并茂的风格。赫拉普钦科指出："因此，创作个性——这就是包括其十分重要的社会、心理特点的作家个人，就是他对世界的看法和艺术体现；创作个性——这就是包括其对待社会的审美要求的态度，包括其针对读者大众、针对那些他为之写作文学作品的人们而发的内心呼吁的语言艺术家个人。""伟大的艺术家始终是他自己，一个鲜明的、独特的个性，但同时，他却反映出深刻的社会过程。"还有部分学者认为创作个性是"风格的心理构成"，并进行了具体解读，其中包括识见、情趣、气势等。相比于将创作个性单一地解释为个人气质的观点，这种观点明显更具广泛的兼容性。实际上，当一位作家形成了稳定的创作个性后，这一创作个性必然已经受到了作家本人世界观和审美理念的影响，并包含了其艺术情操和艺术修养。由此可见，创作个性就是代表作家在艺术层面的人的个性，与日常生活中的人的个性并不一致。这也使得文学作家的审美思想和他对世界的理解是同步的，并在这个基础上呈现出个人的文学风格和其中的艺术品格。

三、文学风格与言语组织

（一）文体三层面

根据上述内容，我们可将创作个性视为文学作家的理念组成和艺术品格的体现，只有通过外化和形式化才能组建成作品，并完成对自身文学风格的塑造。而文体形式正是文学风格的载体，它包含文学的体制、样式、类型，是广义概念下的语言规则，超越了个人和时代而存在。根据不同的应用场景，文体的主要含义可以分为以下三个层面。

1. 作品的体裁、体制

中国古代文论对作品的体裁、体制都十分重视，认为它们对创作十分重要，创作之前"宜正体制"，创作之后要"不失体裁"。纵观文体的发展历史，它的演化过程就是反复建构和解构的过程。历史上诗歌、小说、戏剧等文学形式的发展都遵循着这样的规律，这是文学发展的必经之路。比较灵活的说法是"定体则无，大体则有"，这一说法则表达的是遵从大致的要求和规定后，应当准许创新创造，丰富文学的内容和体裁，使文学得到发展。中国的传统文学文化中，要求不同体裁对应的不同风格有确切的定义。从另一个方面来看，风格是受不同人和时代的影响而变化的，当风格发生变化，文学的体裁也会受到相应的影响，这种变化会以语言的色彩、格调等形式表现出来。与这一点相关的是历史上逐渐形成的稳定的风格规范和不同时期的时代风向，以及个人的矛盾和协调，有时还会涉及文学的历史变迁和改革。而对这方面的理论理解最透彻、最具有辩证思想的就是刘勰。他在《文心雕龙·通变》中说："夫设文之体有常，变文之数无方。"其意思是：文章的体式是固定的，而文辞风格却是无定的。为什么这样说呢？"凡诗赋书记，名理相应，此有常之体也；文辞气力，通变则久，此无方之数也。""气力"，在此犹言风格。刘勰强调"通变"，认为文辞风格只有推陈出新才有永恒的生命，这就是"无定"的原因。"名理有常，体必资以故实；通变无方，数必酌以新声。故能骋无穷之路，饮不竭之源。"因为诗词歌赋的文体形式具有传承特点，所以创作这类文学作品时需借鉴前人的文体类型，同时必须对文辞风格进行创新，且这种创新没有规定的原则，只有不断吸取新的思想和特性才能促进文学的持续性发展。中国古代对文学体裁的定义，实质上就是对文学风格认知的具体体现。

2. 文学的语体

（1）规范语体

语体即语言的体现形式，是文体的第二层面。文体的第一层面是体裁，而体裁需要依靠语体的作用来体现。不同的体裁需要不同的语体组成，语体为体裁提供了规范化的形式，使不同的体裁之间既有互通之处，也有区别所在，从而避免了体裁之间相互混淆。这类规范化形式体裁中的语体被称为"规范语体"，其形成依靠的是历史上长期的发展和完善。它虽然将文学的创作束缚在一个框架之内，但也有其优势所在。曹丕《典论·论文》中说："夫本同而末异，盖奏议宜雅，书论宜理，铭诔尚实，诗赋欲丽。此四科不同，故能之者偏也；唯通才能备其体。"后来陆机的《文赋》对诗赋做了进一步区分："诗缘情而绮靡，赋体物而浏亮。"在此之后，文体的分化更加细致。刘勰就曾在《文心雕龙·定势》中详细区分了当时普遍使用的七种不同文学体裁中的语体。现在将语体称为"文体风格",实质上就是不同体裁中应用的语体的特性。文学中语体的具体概念是与特定的体裁相对应的,且能够表现其特点的文学语言,进而成为特定的语体。根据现代文体学的理论,可以将语体大致分为三种:抒情语体、叙述语体和对话语体。

①抒情语体。它表现对情感的体验,多用于诗歌体裁。这种语体以节奏、韵律、分行为表层特征,音乐性在其中具有突出地位。如李清照《声声慢》:"寻寻觅觅,冷冷清清,凄凄惨惨戚戚。乍暖还寒时候,最难将息……梧桐更兼细雨,到黄昏,点点滴滴。"女诗人在一首不长的词中,创造性地连用九对叠字,而且是连绵的双声叠韵,渲染了哀怨之情,遂成千古绝唱。可见,第一,抒情语体是一种将语言的声音魅力发挥到极致,从而可以反复吟咏的语体。第二,抒情语体在遣词造句方面比一般的文学语言更喜偏离,即通过偏离正常的语言规范来表现朦胧的意境、跌宕的情感和别出心裁的构思,在短小的篇幅中以密集的偏离冲击读者的视觉和听觉,以期产生奇特的效果。如杜甫的名句"香稻啄余鹦鹉粒,碧梧栖老凤凰枝"(《秋兴八首》末首)实为"鹦鹉啄余香稻粒,凤凰栖老碧梧枝"的倒装,强调了此"香稻""碧梧"非寻常物,为鹦鹉所啄余、凤凰曾栖息,极言昔日长安之良辰美景。而诗人"语不惊人死不休"的努力,由此可见一斑。温庭筠的名句"鸡声茅店月,人迹板桥霜"(《商山早行》)一连用了六个名词,故意不用任何动词和系词,却极省俭地勾画出拂晓时的乡村景象,也凸显了晨行之早。其用语精练且不同凡响,达到了由陌生化到经典化的惊人效果。第三,抒情语体比其他语体更多地采用比喻、象征、夸张、对比、双关、复义、反讽、悖论、借代、用典等修辞手法。总之,抒情语体是一种特别钟爱声音功能、擅长偏离语言常规且频繁运用修辞手法的语言体式,多用于诗歌创作,也用于其他体裁的抒情场合。

②叙述语体。它用于叙述事件,在叙事性文体中广泛使用,如小说、叙事诗、叙事性散文等。叙述语体具有以下特征:第一,虚拟性。日常话语的叙述是实指的,即直接指向实存的世界,指向其中的人和事,因此有直接的对应关系,并且以生活事实作为检验的标准,符合为真,反之则为假。文学中的叙述语体指向叙事作品中的虚拟世界,在本质上是想象的、独立自主的艺术世界。即使描绘的是历史上的人和事,也不一定完全符合史实,而是进行了很大程度的艺术虚构。如长篇历史小说《三国演义》就不同于历史著作《三国志》,小说《西游记》更不同于玄奘取经的真实经历。因此,史实在文学作品中的作用显然大大小于在历史著作中的作用,只是具有框架的意义。叙述语体依据的是性格、情感的逻辑,艺术想象的逻辑。第二,叙述语体不是单声话语,而是双声话语。由于第一人称和第三人称,叙述者与人物的相关作用和相互变换,日

常叙述的单声话语变成了双声话语，这在当代小说中已得到了自觉的、普遍的运用。第三，叙述语体还具有"多音齐鸣"的特点。这一说法同样来自巴赫金。巴赫金认为小说可以是一种"复调"的形式，他说"复调的实质恰恰在于：不同声音在这里仍保持各自的独立，作为独立的声音结合在一个统一体中"，是众声交汇的奏鸣曲。正是这种虚拟的、双声的、多音齐鸣的叙述语体，使小说等叙事类文体得以构建起广阔、深邃、复杂而引人入胜的艺术世界。

③对话语体。它用于戏剧文学。小说中永远有一个叙述者，不论是第一人称还是第三人称，抑或人称的频繁转换，都采用的是叙述视角。时间、空间、人物、事件等一切，均采用叙述视角讲出。然而戏剧文学是为舞台演出而作，通过人物的直接言说来向观众展示一切，这就决定了它必须采用对话语体。对话语体具有以下特征：第一，动作性。在戏剧中，事件的发展、情节的演进、冲突的发生和解决、思想性格和内心活动的表现，主要靠的是对话。对话本身就意味着内心或外部的动作，并推动着剧情的发展。美国剧作家、戏剧理论家劳逊说："对话是动作的一种，动作的一次压缩和外延。一个人说话，这也是在做动作。"第二，性格化。小说塑造人物的手段多种多样，而戏剧中的人物必须"依靠他自己去揭示自己"，人物性格主要是由对话来完成的。因此，对话必须体现人物的个性，如身份、阅历、教养、性格等。第三，口语化。舞台上的对话对观众而言是转瞬即逝的，无法如阅读诗文那样可以反复品味，所以一般要求深入浅出，即使诗化，也当朗朗上口。总之，对话语体是一种富于动作性，要求性格化和口语化的语体。

以上所述表明，体裁与语体密切相关，一定的体裁要求配以一定的语体。但这并不排斥某些文体在以某一语体为主的同时，兼用其他语体，特别是在出现变体的情形下，如诗化小说、散文诗、电影小说、电视小说等，往往可能兼用几种语体。这反过来又说明体裁与语体息息相关，体裁发生变化，语体也会相应发生变化，反之亦然。

（2）自由语体

不同的规范语体能够对应不同的体裁，而这只是表现出语体的一重特点，还有一重特点则是有关创作者的自由创造和灵活运用。通常情况下，在规范语体的基础上增添自由创造的语体，就可称为自由语体。规范语体仅仅显示了特定体裁的风格形式，而自由语体却能够将创作者的艺术特性和创作个性展现出来。清代薛雪在《一瓢诗话》中说："格有品格之格、体格之格。"薛雪描述的"体格之格"代表的就是规范语体，而"品格之格"则代表的是自由语体。创作者在遵从体格的固定章程的同时，也需与自身的审美思想相结合，使用独属于自己的语言进行创作，使作品呈现出独一无二的风格。例如，唐代著名诗人李白虽采用乐府体作诗，但却不完全局限于古体。他创作的《独漉篇》就印证了这一点。古体乐府诗是严谨的四言诗，而这首诗是五言、七言共存。根据上述观点可知，自由语体先对规范语体进行改造，进而发展至一种独创语体，并不是一种偶然的现象，而是在创作者个性影响下的必然现象，是创作者创作个性的真实显现。或许写的内容可以不遵从自己的内心，但写的方式却很难掩饰，特别是在语言模式这方面，大多数创作者都是遵从自己的内心，因此有"言为心声"的说法。语言作为人的心声的外在体现，对应于人的心灵和心理，与人的内心保持着平行关系。语言能够将人的个性的细微之处，具体到人内心的变化和想法都展现出来。自由语体的运用对创作者来说是其创作个性发展的最佳路径，也是唯一路径。自由语体作为文学风格的重要组成部分，能够将文学作品中蕴藏的精神思想和情感表现出来，进而帮助作家实现创作个性的外化。

（3）文学风格

当作家在规范语体的基础上创造出适合自己的自由语体，并与作品的其他因素相结合时，便形成了文学风格。风格不等同于语体，也不等同于体裁，它以其独创性使文体焕发出作家个性的光彩，使读者感到亲切和惊异；它仿佛在某一文体僵硬的躯体里灌注进盎然生机，使其获得了艺术生命。所以，文学风格是文体的最高范畴和最高体现。歌德说："风格，这是艺术所能企及的最高境界，艺术可以向人类最崇高的努力相抗衡的境界。"因此，他主张"给予风格这个词以最高的地位"。黑格尔把风格理解为艺术的独创性，而独创性是把艺术表现里的主体和对象二者融合在一起，使得它们不再互相外在和对立。一方面，这种独创性揭示出艺术家最亲切的内心生活；另一方面，这种独创性所给的却又是对象的性质，因而其特征显得只是对象本身的特征。我们可以说独创性是从对象的特征来的，而对象的特征又是从创造者的主体性来的。风格不单纯是个思想内容的问题，也不单纯是个艺术形式的问题；不单纯是创造主体的问题，也不单纯是客体对象的问题。风格是主体与对象亲密融合、互相渗透，艺术内容与艺术形式的有机统一。这种艺术独创性并不是任何作家的作品都具有的，而是艺术上臻于成熟，能以独立的创作个性参与文学创作过程的作家才能创作出来的。语言在创作个性转化为风格的过程中始终扮演着重要的角色，它不仅担负着形式化的任务，而且其本身就是风格的有机组成部分，是风格最鲜明的标志，尽管不是唯一的标志。从这个意义上来说，风格是言语结构显示出特色和稳定性的表现，是某种语体发展到极致的结果。自由语体使规范性的公共语言转化成充满个性色彩的个人言语，它所创造的艺术世界也就必然地带上个性色彩。言语的独特风味是作家匠心独运的结晶，而非模仿可成。正是语言运用的独特方式和技巧，鲜明地表现出作家的艺术修养、创造才能和对语言感情色彩、节奏韵味的追求。读者往往凭借作品的语言特色，就可以辨别出是哪个作家的作品，从而把握不同作家作品的风格特点。正如沃尔夫冈·凯塞尔所说："各种语言都有风格，形式的成分越是特殊，语言也就越有个性。""语言的形式使用得越是特殊，一个作品的个别风格也就越是明显。"

（二）语言的编码、词语的分布与文学风格

以语言为出发点研究文学风格，文学创作者对语言的编码就成了关键方向。这一观点源自"现代语言学之父"、瑞士语言学家——索绪尔。文学是语言在艺术层面的体现，此处的"语言"即为文学总体的概括词。由不同文学作品的共同点可知，"言语"是其中不可或缺的组成要素。使"语言"和"言语"得到确切的区分，就是索绪尔在当时提出的创新言论。在索绪尔看来，言语代表的是人们的话语和书面上呈现的由话语组成的作品，这些话语将每个人的特点都明确地展现出来。不同的人说出的话语不同，这就是个人言语的差异性。"言语却是个人的意志和智能的行为"，"说话者赖以运用语言规则表达他的个人思想的组合"。因此言语是开放的、无限的，每个人的日常话语都可以如滔滔江河长流不息，都可以不断创造新的言语。"执行永远不是由集体，而是由个人进行的。个人永远是它的主人，我们管它叫言语。""语言和言语活动不能混为一谈；它只是言语活动的一个确定的部分，而且当然是一个主要的部分。它既是言语机能的社会产物，又是社会集团为了使个人有可能行使这机能所采用的一整套必不可少的规约。整个来看，言语活动是多方面的、性质复杂的，同时跨着物理、生理和心理几个领域，它还属于个人的领域和社会的领域。""相反，语言本身就是一个整体、一个分类的原则。"

第二节　汉语言文学风格的特征

一、文学风格的独创性

文学风格表现为文学创作者的作品在艺术层面的独创性，因而文学风格最主要的特征就是独创性。可以说，世界范围内的文学家都拥有独属于自己的文学风

格，如李白的飘逸洒脱、杜甫的悲切沉闷、普希金的高雅宏大、鲁迅的深刻坚毅等。自然界没有两片相同的树叶，但同一种树的树叶毕竟同大于异。风格会有某种相似性，但它们之间的差异就如同物种间的差异一般，总是异大于同，否则也就无真正的风格可言，充其量不过是一种模拟性风格而已。风格具有不可替代性和不可复制性。真正的风格是建立在创造性的基础之上的，而非东施效颦产生的结果。

风格的独创性同作家鲜明的创作个性和自觉的艺术追求密不可分。风格的独创性与创作个性的独特性之间的关系，正如别林斯基所指出的："文体和个性、性格一样，永远是独创的。""从文体上则可以窥见伟大的作家，正像从笔锋上可以认出伟大画家的绘画一样。"高尔基就曾在 1899 年给画家列宾的信中诉说自己有时失去自我的苦恼："我有时所运用的事实和思想，都是我从别人的书中拾取来的，而不是自己凭自己的心灵直接体验来的。这是十分令人难受的。不用说，这是不好的。一个人用反射过来的光亮去照耀东西，是不是很好呢？是很不好的。"这其实就是刘熙载所批评的"于彼于此，左顾右盼"。但毕竟高尔基是大文学家，他在创作过程中的大部分时间里都能"发现自己"，因而创作了大量颇具独创性的作品，它们的风格只属于他本人。风格总是和艺术独创性相联系的，有独特艺术风格的作品才有永恒的艺术魅力，这自然也就成为大部分艺术家的自觉追求。

二、文学风格的稳定性

通常情况下，一个作家的文学风格出现一定的雏形后，就会按照这个形态继续发展，并且在相当长的一段时间内都会维持这个形态。许多作家的文学风格都是没有过多变化的，即便有所调整也不会脱离原本的风格范围；还有部分作家的文学风格根据其自身的发展和经历的不同，在不同的时期展现出不同的特点，但经过详细考究也会发现其文学风格转换前后的联系。由此可见，文学风格在一定程度上具有稳定性和持续性的特征。其根本原因在于创作者创作个性的稳定性和持续性，这其中也包含着人的性格的影响。19 世纪法国的史学家和批评家丹纳说得好："人人知道一个艺术家的许多不同的作品都是亲属，好像一父所生的几个儿女，彼此有显著的相像之处。你们也知道每个艺术家都有他的风格，见之于他所有的作品。倘是画家，他有他的色调，或鲜明或暗淡；他有他特别喜爱的典型，或高尚或通俗；他有他的姿态，他的构图，他的制作方法，他的用油的厚薄，他的写实方式，他的色彩，他的手法。倘是作家，他有他的人物，或激烈或和平；他有他的情节，或复杂或简单；他有他的结局，或悲壮或滑稽；他有他风格的效果，他的句法，他的字汇。这是千真万确的事，只要拿一个相当优秀的艺术家的一件没有签名的作品给内行去看，他差不多一定能说出作家来；如果他经验相当丰富，感觉相当灵敏，还能说出作品属于那位作家的哪一个时期，属于作家的哪一个发展阶段。"在白色恐怖时期，鲁迅曾频繁更换笔名，但明眼人还是能通过风格辨认出文章是鲁迅写的。所以他在给黎烈文的信中说："夜里又做一篇，原想嬉皮笑脸，而仍剑拔弩张，倘不洗心，殊难革面，真是呜呼噫嘻，如何是好，换一笔名，图掩人目，恐亦无补。"

然而风格的稳定性需要依靠参照物才能实现，也就是说它并不绝对。文学创作者的世界观和艺术审美不可能永远不变，在不同的时代背景下其思想会发生相应的变化，这与作家个人的生活阅历、社会地位的变化都有重要关系。在多方面因素的影响下，作家的创作个性会发生不同程度的变化，进而影响到其作品本身文学风格的形态，这种情况并不少见。

三、文学风格的多样性

文学风格的特征除了独创性、稳定性之外，还有多样性。这首先是因为作家的创作个性个个有别，如刘勰说的"才有庸俊，气有刚柔，学有深浅，习有雅郑"，先天的性情和后天的陶染不同，造成了"笔区云谲，文苑波诡"，即文学创作领域的千变万化和风格的多样性。

文学风格种类、形态的多样性是时代文学发展的重心，其多样性的持续发展象征着一个时代的文学繁荣。纵观古今历史，文学风格过于单调的朝代，其文学艺术的成就都较低，文学艺术也无从发展；而若是文学风格多种多样，并不以哪种为尊，包容众多风格样式的时代，其文学艺术必定能够得到繁荣发展。人们常说"盛唐气象"，固然可以从各个角度去评说，但其风格的多样性却是非说不可、不得不说的。

文学风格的多样性也体现在一些体大思精、才华横溢的大家身上。如杜甫从青壮年到老年，其风格就呈现出多样性。前人曾指出："杜诗叙年谱，得以考其辞力，少而锐，壮而肆，老而严，非妙于文章，不足以致此。"即使从横向看，他也有几副笔墨，多种风格，如雄浑、秀丽、悲壮、豁朗等。但仍有其主导的风格——沉郁顿挫贯穿始终，给人以"浑涵汪茫，千汇万状，兼古今而有之"的包容感。不仅如此，风格的多样还可能体现在某些鸿篇巨制和史诗性的作品中，即在单个作品中呈现出复合的风格。但无论是体现在一个作家的不同作品中，还是体现在单个作品中，各种风格之间都不是割裂的，而是有一个主导风格贯穿其间；也不是随心所欲的，而是水到渠成的。一个伟大的作家为了驾驭不同的题材和表现对象，为了探索艺术的各种可能性，也为了表达丰富复杂的思想感情，必须有多种本领和多副笔墨。

第三节　汉语言文学风格的审美构成

一、文采

文采泛指文学作品中的语言色彩，是文学风格的外在体现。在我国古代，人们就开始对文采予以相当的重视，并以辩证的思维看待它与作品内容之间的联系。刘勰在《文心雕龙·情采》中认为，"文附质""质待文"；"情"即"质"，"采"即"文"。优美动人的文学辞藻需用纯真、纯粹的情感加以驱动，而这种纯真、纯粹的情感又必须依靠文辞进行外在体现。"情"作为文章的核心要素，其外在的表现形式与"形"和"声"的合理应用不可分割，只有三者协调配合才能成为一个统一的整体。刘勰将文学作品中的思想感情和文辞文采视为经纬："隋者文之经，辞者理之纬；经正而后纬成，理定而后辞畅，此立文之本源也。"刘勰在阐述文学时，将情感和文采并列提及，认为创作者应"为情而造文"，认为"为文而造情"在他看来是不可取的，主张以情感作为文章创作的根本和风格创造的原则。明朝的袁宏道曾就这一点提出："情随境变，字逐情生。"文采在文学作品中的作用不仅在于传递作者的思想感情，还在于扩张情感，增强其感染力。而为了增强情感的感染力，就必须根据这种情感加以布采。"文采"在中国古代文论中又称"辞采""词采""丹彩"，梁代理论家钟嵘在《诗品·序》中说："干之以风力，润之以丹彩，使味之者无极，闻之者动心，是诗之至也。"其中，"风力"犹言风骨，有时也可泛指风格；"丹彩"指的是辞藻文采。意思是："风力"与"丹采"统一，就有了"滋味"，那是诗的极致。晋怀帝时，文学界不重丹彩，"贵黄、老，稍尚虚谈，于时篇什，理过其辞，淡乎寡味"。至东晋时，玄言派的诗"皆平典似道德论，建安风力尽矣"。由此可见，"风力"和"丹彩"在文学作品中都是必要的因素。钟嵘对诗人的评价就是基于这两点，进而对文学作者的风格特点和其作品"滋味"的程度进行评判。他将"采"归结于"风力"和"骨气"，与刘勰将其归结于"情"是同样的，两人都是以自身的思想批判当时背景下的形式主义文学。与此同时，他们也没有忽略文采在文学作品中的重要地位，认为文采是文学风格的主要组成部分。实际上，文采的不同确会对文学风格造成不同的影响。例如，作品受到文采的影响会体现出典雅、质朴、简约、烦琐、舒缓、激烈等多种文学风格。文学创作者在运用语言、修饰语言的过程中，往往会体现其个人的教养、兴趣等多重创作个性的相关层面。这与画家在创作中对色彩的运用是异曲同工的。这使得言语的色彩即文采，成了绘制文学风格的色彩，不同的创作者对风格色彩的理解不同，就是文采的差异化的体现。

二、情调

情调代表的是文学作品中的情感格调。"格调"一词起初指的是人的风度仪态，后来才逐渐演变为与文学风格有关的词汇。从某种角度来看，"文采"也可称为一种格调。但由于文采是基于语言层面产生的，因此只能成为一种外在的语言格调。而情调则不同，它是基于情感层面产生的，是一种内在的、深层的格调。对于情调来说，如果无法从内层转为外层，就失去了其存在的价值和意义，因而需要外在的语言格调对其进行外化。准确来讲，决定情调的关键因素是情感的品质。情调虽然需要被表现于语言层面，但就审美形式而言，它能够展现创作者的审美品质和审美情趣。我国古代尊崇"文以言志""文以载道"等文学创作理念，同时也通过对文学作品中情感的概括强调文学情感的特点。魏晋时期，文学具有自觉性，加之陆机所提出的"诗缘情"的观念得到普及和推广，文学情感受到了多方位的关注，并形成了当时自觉的美学潮流。沈约曾对曹氏父子的作品大加赞赏，他认为"以情纬文，以文被质"，意思是：以情组织文采，以文采润饰内容。刘勰持情志论，但把"情"提到了第一位："情者文之经"，"志"则统一于情之中；情感的作用贯穿创作的始终："情以物遷，辞以情发"；外在的文辞是波，内在的情感是源："夫缀文者情动而辞发，观文者披文以入情，沿波讨源，虽幽必显。"情是作品的内在境界，辞是作品的外在形式。作家是通过他所精心撰写的文辞来表达自身所体验过的情感，批评家则是透过文辞进入作品的情感世界。由波溯源，即使作品的情感再隐秘幽深，也必能劈肌分理，使之显豁。这就是刘勰在《序志》篇中所说的"振叶以寻根，观澜而溯源"。

三、氛围

文学作品的氛围通常体现于其中对景物、环境的描写，并进一步形成相应的意境或情境，主要见于以抒情和叙事为主的文学作品中。氛围既可以出现在作品的固定范围内，也可以贯穿整个作品，但其目的都是展现特定的艺术效果。例如，鲁迅所作的《故乡》，开篇描绘了逐渐走近故乡时晦暗的天气状况——天空苍黄，冷风呼啸，村庄荒芜，这种情境确定了文章整体的发展方向，有助于情节的展开；我国四大名著之一的《红楼梦》，整本书环绕着一种特殊的氛围，被鲁迅称为"悲凉之雾，遍彼华林"；马致远的《天净沙·秋思》"枯藤老树昏鸦，小桥流水人家，古道西风瘦马。夕阳西下，断肠人在天涯"，通过对旅途中秋色晚景的勾勒，烘托出一种萧瑟苍凉的氛围，反衬出一个人生漂泊者的零落感；英国女作家艾米丽·勃朗特的长篇小说《呼啸山庄》则充溢着阴郁的氛围。至于鬼神故事和惊险小说，更是无一例外地突出了末世或阴森恐怖的氛围。氛围是由文章中对背景和景物的描写体现出来的，然而却不能单纯地看作一种对事物的客观描写；它是以情感的角度对环境的渲染和烘托，因此其体现还取决于作品是否能够使读者产生相应的情感态度和情感氛围。如霍桑的《红字》第一章对牢门的描述所确立的阴沉氛围；哈代的《还乡》开卷处通过对埃格顿荒原的渲染所产生的令人郁闷的宿命论感受。比如，在美国剧作家奥尼尔和中国剧作家曹禺的不少剧作中都有类似的情境。作者营造作品氛围时，需要在考虑作品主旨和情节需要的同时加入自身的审美特征，进而调制出不同的情调，在作品中展现出自身的创作个性和审美态度。正因如此，氛围的存在为文学作品带来了积极的能量，成了文学作品中的隐身角色，并能够施展超自然能力，影响事件、情节和人物命运等。英国作家康拉德的小说中，通常贯穿了悲观神秘的情调，如《黑暗的中心》已为读者所熟知。他的另一篇短篇小说《泻湖》也如此，其中氛围情境的描写和人物事件的描写几乎平分秋色。森林地带中部一座寂静的房子——两个男人和一个垂死妇人的安身之所，与星空下明镜般的泻湖构成了一幅自然的风景画。这就在一个充满生机而又无情无感的世界内部把中心人物与外界隔离开来，也突出了作者那热情洋溢的本性。且看下面一段文字的描写：

狭窄的小河像是一条沟涧，是那样的蜿蜒曲折、深不可测；一条细长的湛蓝的天空，纯净而明亮，下面的河湾却笼罩着一片黑暗。高大的树木耸立，在帷幕般纷纷簇簇的灌木丛的遮掩下悄然遁去。从这里到那里，在靠近河水波光粼粼的漆黑之处，一些参天大树的顶盖枝条缠绕，小小的蕨角树成了窗格花一般的形状，显得漆黑阴森，它们缠绕在一起不动的样子，就像是一条被捉住的蛇。桨儿的喃喃呓语在厚厚而昏昏的、像墙一般的树林之间回响。黑暗穿过灌木丛纷扰的迷阵，从树林中，从奇异无比而丝毫不动的树叶中钻了出来；黑暗是那样的神秘，具有所向披靡的气势；人们只能嗅到它的气息，它沉郁得就像无法通过的森林。

在这段文字里，康拉德竭力渲染丛林繁茂而又漆黑阴暗、深不可测、沉郁神秘的氛围。正如泰勒对这段描写所分析的那样："丛林是自然而生机勃勃的，但也是无法预言和不可知的，它对生活和生存的干预势必导致矛盾和毁灭。于是，这个故事向我们展示了人具有的相似的品质和习性这一场景。"同时他还指出，

《泻湖》中这些氛围的描写是"风格或特征意义上的，因而也是间接的，它的目的在于提供一套判断的价值观念，这是源于叙述者、作家本身的，也源于语言的运用，特别是字句的选择和想象力"。"在一部作品的每个方面，作家都可以运用风格探讨的手段，提出自己的看法，来评价行动或人物形象。当然，这同样也能够把故事叙述者的价值观和看法反映出来"。泰勒的分析是深刻的，氛围的作用不仅在于渲染烘托，而且体现了作者的价值取向；氛围不仅是风格的组成部分，而且是"风格探讨的手段"。

四、韵味

韵味指作品言语结构所产生的情趣和意味。由于韵味是含而不露的，所以特别需要读者去品味。"韵"字出现较晚，经籍上无，汉碑上也无，可能出现于汉魏之间。曹植《白鹤赋》中的"聆雅琴之清韵"，是今日可以看到的韵字之始。"韵"表示音乐的律动，有一种和谐之美，这是其本意。但引申开去，它就成为一切艺术都可能具有的情趣、意蕴或意味。"味"则大抵是因为它需要把玩体味，音乐如此，绘画如此，文学也如此。钟嵘曾提出"滋味"说，滋味者，"指事造形，穷形写物，最为详切"。而要达到这个目的，必须赋、比、兴并重，做到言近旨远，形象鲜明，有风力，有藻采，乃可耐人玩味，具有强大的感染力，这是"诗之至也"。钟嵘的滋味与韵味已很接近，是从品味着眼，并将其作为风格的重要组成部分。这里，钟嵘说的是诗论。在画论方面，南齐画家谢赫则提出"气韵生动"在先，把它作为"图绘六法"之首。虽说他是从技法着眼，却与风格相通。如他评陆绥的画是"体韵遒举，风彩飘然"，即是。对气与韵的相互关系，谢赫既然并举，自然认为它们是互补的。推衍到文学上，梁萧子显就说过："蕴思含毫，游心内运：放言落纸，气韵天成。"敖陶孙评价曹操说："魏武帝如幽燕老将，气韵沉雄。"但也有将气与韵分开的，如元好问《自题（中州集）后五首》第一首云：

邺下曹刘气尽豪，江东诸谢韵尤高。

若从华实论诗品，未便吴侬得锦袍。

此诗的原意是以曹植和刘桢来比喻当时北方的金国诗人，以谢灵运和谢惠连等来比喻南宋诗人。其认为北国诗人主气之豪，南方诗人重韵之高。由于作者一贯偏重壮美的风格，所以有气比韵的品更高的意思。而明代陆时雍却极言韵之高。他说："有韵则生，无韵则死；有韵则雅，无韵则俗；有韵则响，无韵则沉；有韵则远，无韵则局。物色在于点染，意态在于转折，情事在于犹夷，风致在于绰约，语气在于吞吐，体势在于游行，此则韵之所由生矣。"

如此看来，历来诗论既有主张气韵浑成的，也有偏于主气或偏于重韵的。当然在创作中能做到气韵生动的总是少数，大部分都是气多韵少或气少韵多的。根据徐复观的看法，气韵之气指的是表现在作品之中的阳刚美；而气韵之韵则指的是表现在作品之中的阴柔美。陆时雍主张的就是这种阴柔美，有了阴柔美，诗方可论雅："诗不患无材，而患材之扬；诗不患无情，而患情之肆；诗不患无景，而患景之烦。知此始可以论雅。"陆时雍此说可能脱胎于唐代皎然的"诗有四不"，即"气高而不怒，怒则失于风流；力劲而不露，露则伤于斤斧；情多而不暗，暗则蹶于拙钝；才赡而不疏，疏则损于筋脉"。司空图的韵味论即风格论，他在《诗品》中根据味外之旨、韵外之致的理论，强调超然物外的空灵意境，并具体列出了二十四种风格。这也充分说明了韵味是风格的重要组成部分。韵味由情感所生成，又为情感着上了色彩、增添了格调。司空图说："诗贯六义，则讽喻、抑扬、停蓄、温雅，皆在其间矣。然直致所得，以格自奇。"这里所说的"抑扬、停蓄、温雅"即诗的情调，这里所说的"格"即风格。其意思是：有了韵味，又贯穿了风雅颂赋比兴六义，那么就既有了讽喻，也有了情调。只要自然写出，即境会心，就能以独具的风格各自标新立异。气与韵两者既可独立，也可互补，合则"气韵生动"，分则一为阴柔、一为阳刚。但所谓分也是相对的，两者可以各有侧重，却不可偏枯。有气而无韵，如厉声相响；有韵而少气，则文格不振。

第四节　汉语言文学风格类型的划分与审美价值

一、文学风格类型的划分

中国的简分法是将风格分为"刚"和"柔"两类，也有"虚"与"实"、"奇"与"正"的两种分法，但以刚柔说影响最大，且源远流长。阴阳、刚柔本是中国古代的哲学概念，后来用于解释文艺现象。曹丕始论风格，正式提出"文以气为主，气之清浊有体"，以气分清、浊二体。郭绍虞的解释是："刚近于清，柔近于浊。"他在《中国历代文论选》中也说："清是俊爽超迈的阳刚之气，浊是凝重沉郁的阴柔之气。"刘勰则说"气有刚柔"，"刚柔虽殊，必随时而适用"。其意思是：各有所适，不可偏废。有的虽然不用刚柔二字，但也大同小异。如豪放与婉约、沉着痛快与优游不迫等，都体现了将风格区分为刚柔两类，提倡刚柔相济的美学思想。至清代，桐城派的代表人物姚鼐进一步从美学的高度区分阳刚和阴柔这两种最基本的风格。阳刚之美美在刚劲、雄伟、浩大、浓烈、庄严；阴柔之美美在柔和、轻盈、幽深、淡雅、高远。前者是壮美，后者则是优美。姚鼐提倡刚柔相济，认为两者不可偏废。他在文章中做了更明确的说明："吾尝以谓文章之原，本乎天地。天地之道，阴阳刚柔而已。苟有得乎阴阳刚柔之精，皆可以为文章之美。阴阳刚柔并行而不容偏废，有其一端而绝亡其一，刚者至于偾强而拂戾，柔者至于颓废而暗幽，则必无与于文者矣。然古君子称为文章之至，虽兼具二者之用，亦不能无所偏优于其间，其故何哉？天地之道，协合以为体，而时发奇出以为用者，理固然也。"在他看来，阳刚和阴柔都是美，但应相济互补，否则会发生偏执，走向极端。然而，真正能做到两者兼备的却很少，所以他又认为可以"偏优"和"奇出"。简分法虽简，却有很强的包容性。其实文学史上出现的很多具体的风格，大体上都可以分别归入"阳刚"和"阴柔"两大风格模式中。

较繁的分类法始于刘勰，他在《文心雕龙》体性篇中谈到风格的"各师成心，其异如面"时说："若总其归途，则数穷八体：一曰典雅，二曰远奥，三曰精约，四曰显附，五曰繁缛，六曰壮丽，七曰新奇，八曰轻靡。"刘勰的八体又分成四组，四组之间有一正一反的关系："雅与奇反，奥与显殊，繁与约舛，壮与轻乖"，构成了一个风格系统，隐含了八卦的意象，可以说"八途而包万举"。但刘勰的风格论仍是广义的风格论，他把非文学体裁的文章风格都包括在内，说明尚未完全摆脱先秦以来把"文"看作学术文化总称的传统观念。唐代的诗歌空前繁荣，便出现了对诗歌各种风格进行分类的理论探索。如皎然《诗式》提出"辨体有一十九字"：高、逸、贞、忠、节、志、气、情、思、德、诚、闲、达、悲、怨、意、力、静、远。对其中的每一个字，他都做了扼要的说明，认为："篇目风貌不妨一字之下，风律外彰，体德内蕴，如车之有毂，总辐归焉。其一十九字，括文章德体风味尽矣。"由于皎然用的是"风律"和"体德"的交叉标准，所以他的分类不甚协调，但对后人也不无启发。司空图的分类标准比较统一，也较切合创作实际，基本上是从文学风格的本体构成出发。他把诗歌的风格分为二十四类：雄浑、冲淡、纤秾、沉著、高古、典雅、洗炼、劲健、绮丽、自然、含蓄、豪放、精神、缜密、疏野、清奇、委曲、实境、悲慨、形容、超诣、飘逸、旷达、流动。虽然他区分的是诗歌风格，但也适用于其他文体，而且这些风格概念中的绝大部分至今仍在使用。可以说，司空图的二十四诗品建立了具有中国传统的风格分类的模型。正如《四库全书总目提要》中说："所列诸体皆备，不主一格。"司空图对二十四种风格的描述充满了诗情画意，又渗透进哲理，对后世影响非常大。如对"雄浑"的描述是："大用外腓，真体内充，反虚入浑，积健为雄。具备万物，横绝太空，荒荒油云，寥寥长风。超以象外，得其环中，持之匪强，来之无穷。"这就是说，雄浑是一种可以笼罩万物、横贯九天的气势。它好像是广漠流动的云，又好像是在空中激荡的风。这是由实入虚，向外扩张的震撼人心的美学境界。司空图对风格审美特征的形象化描述，具有某种范型的意义。把我们带领到了丰富多彩、令人神往的审美境界。

中国古代的风格分类趋向于主观直觉，而现代的风格分类则趋向于客观科学。陈望道在《修辞学发凡》中就对这方面作出了贡献。他把风格分为四组八种：由内容和形式的比例，分为简约和繁丰；由气象的刚强和柔和，分为刚健和柔婉；由话里辞藻的多少，分为平淡和绚烂；由检点功夫的多少，分为谨严和疏放。

陈望道认为，简约和繁丰、刚健和柔婉、平淡和绚烂、谨严和疏放都是极端。其实风格并不一定都是这两端上的东西，位于这两端中间的固然多，兼有这一组、二组、三组以上的风格也不少。例如，简约兼刚健，或简约兼刚健又兼平淡，以此类推，可谓无穷。陈望道的风格分类法曾受到叶圣陶等人的好评，被认为"这是今人的见解胜于古人处"，但以今天的眼光来看，也有局限之处，因为他更多的是从"语文"的角度着眼。鉴于此，又出现了各种分类方法。如童庆炳在《文体与文体的创造》中根据八卦的模式把文学风格分为八组十六种：简洁——丰赡、平淡——绚丽、刚健——柔婉、潇洒——谨严、雄浑——隽永、典雅——荒诞、清明——朦胧、庄重——幽默。这种分类方法更切合现代的风格审美实际，也有更强的包容性。由于文学风格形态无限多样又无限生成，因此不可能找到一种最完善的分类法。对文学风格的分类，可以从不同的角度进行，而且永远是相对的。它们为读者提供了一个参照系，但大可不必胶柱鼓瑟，而应该根据具体作品的审美特点灵活运用。正如小说家、理论家茅盾所说："有的可以从全篇的韵味着眼，用苍劲、典雅、俊逸等等形容词概括其基本特点，有的则可以从布局、谋篇、炼字、炼句着眼，而或为谨严，或为逸宕，或为奇诡，等等不一。"

二、文学风格的审美价值

不同的文学风格有着不同的审美价值。例如，阳刚之美、阴柔之美、简约之美、繁缛之美、典雅之美、朴素之美、幽默之美、荒诞之美等均是美。风格美不仅给人以形式上的满足，而且足以陶冶人心。雄浑刚劲的风格可以壮人胸怀，清新俏丽的风格可以舒人心脾，飘逸疏野的风格可以养人性情，沉着含蓄的风格可以启人思力……正如高山瀑布，长风出谷，大海怒涛，落日烟霞，平湖秋月，出水芙蓉，蓓蕾初绽，冬梅傲雪，或如独坐幽篁，鸿雁不来，窈窕深谷，时见美人，玉壶买春，赏雨茅屋，壮士拂剑，浩然弥哀。凡此都各有风韵，给人以不同的审美享受。风格美之所以能陶冶人心，归根结底是因为它在审美的形式中凝聚了生命的内质，体现了人的各种生命状态、丰富的个性和创造力量，表达了对人生和艺术的价值取向。当读者在审美中与之相契合时，便会被它的艺术魅力和精神魅力所打动，从而进入一个新的境界。苏东坡词改变了晚唐五代词镂金错彩和婉约缠绵的作风，他也因此成为豪放派词的开山祖。

由于人们的审美有不同的心理结构作为基础，因此在特定的语境或心境下，对风格美会有不同的爱好和选择，从而导致对适合自己趣味的风格作家和作品产生偏爱，这是不足为奇的。朗吉弩斯推崇崇高的风格，狄德罗喜欢简朴的风格，歌德赞赏雄伟的风格，雨果爱好单纯的风格，姚鼐主张"阴阳刚柔并行而不容偏废"，也有人偏爱朦胧、新奇、怪诞，如此等等。而"李杜优劣论"，则成了延续至今的一个公案。有人曾问袁枚："杜陵不喜陶诗，欧公不喜杜诗，何耶？"袁枚曰："人各有性情。陶诗甘，杜诗苦，欧诗多因，杜诗多创，此其所以不合也。元微之云：'鸟不走，马不飞，不相能，胡相讥？'"风格欣赏中的偏好，归根结底是因为读者与作者在风格这条纽带的连接下达到了个性间的吸引，灵魂与灵魂的相通，否则就如电流发生了短路。这正如刘勰所说："夫篇章杂沓，质文交加，知多偏好，人莫圆该。慷慨者逆声而击节，酝藉者见密而高蹈，浮慧者观绮而跃心，爱奇者闻诡而惊听。会己则嗟讽，异我则沮弃，各执一隅之解，欲拟万端之变。所谓'东向而望，不见西墙'也。"话虽如此，但作为一个有修养的读者，尤其是作为一个鉴赏家和评论家，这样才能遍知、遍识、遍品各种风格美，这不仅是一种神农尝百草般的审美认知，更是一次最丰盛的审美享受。

第六章　新媒体视域下的汉语言文学

第一节　网络语言对汉语言发展的影响

随着网络的迅速发展，一种新的语言形式诞生了，这就是"网络语言"。在很多人眼中，网络语言其实是传统语言的一种变体。它丰富了传统语言，也发展了传统语言。网络语言为古老的汉语言带来了新的活力，因而大部分已经被人们熟悉并接受。但是总体来说，这种新的语言形式还是缺少统一的标准，对人们的生活有利也有弊。

一、网络语言的产生和发展原则

作为一种新的语言形式，网络语言的产生及动态发展都符合语言学的原则。可以说，语言的趋同原则是驱动网络语言不断发展变化的内在原因。网络语言被创造、生产出来以后，会经历一个选择和淘汰的过程：有一部分语汇被社会广泛接受并固定下来，逐步融入现有的话语体系当中；还有很大一部分语汇流传时间短暂，逐渐被摒弃或最终消亡。这种对语言大浪淘沙的过程在很大程度上是由后加入网络的语言使用者完成的。他们初入网络时，为了适应网络社区中的"虚拟生存"，必然会尽快熟悉网络上的通用话语以达到顺畅交流的目的，而交流的工具就是既定的网络流行语。他们原有的语言表达习惯很难在网络上被多数人认同和接受，结果就是"一轮对小群体用语的摒弃以及对既定认同用语的加强"。管理经济学之父爱德华·拉泽尔在论证语言与文化的关系时，就提到了语言的趋同现象。他认为，少数语言群体具有学习优势语言群体语言的倾向。随着时间的积累，不断摒弃和强化的过程推动了网络语言的动态发展，最终出现了优势语言的趋同现象。

网络语言作为网民在虚拟社区中的交流工具，其形成方式体现了语言经济学原则中的"省力原则"。语言价值论学说的代表人物索绪尔在其著作《普通语言学教程》中阐明了语言的组合与聚合关系。他认为人类在语言的创造和运用中体现出经济学效用的最大化驱动原理，也就是"省力原则"。美国语言学家乔治·金斯利·齐普夫在著作《人类行为与省力原则》中，第一次明确提出"人类行为普遍遵循省力原则"这一观点。他认为人们通过语言来表达思想时，会感到"两个不同方向的力，也就是单一化的力以及多样化的力在共同作用。一方面希望简短明了，另一方面又要让人能够理解，使得每个概念都可以用一个对应的词语来进行表达，从而使听者理解起来最为省力"。网络语言的构成方式，正体现了简明、易懂这一省力原则。

二、网络背景下现代汉语的发展

当前，网络语言已成为在网上进行交流表达的常用工具。互联网上的另类语言和另类表达，冲击和颠覆着既有的语言规范，并正在进入现实社会和日常生活之中，从而不可避免地引起了某些混乱。因此，我们单纯拒绝网络语言是不明智的，还要对其进行一定的规范，以保证现代汉语的健康发展。

（一）要有多样化的特点，这是规范网络语言的基础

语言的作用是交际，规范不能限制交际。网络语言之所以能够出现，是因为它满足了网民减少语言障碍、上网更加方便的需要。所以无论是字母、数字、图片还是其他形式多样的表达方式，都因其方便而迅速得到了大家的认可，并逐渐成为约定俗成的网络语言。而随着网络的迅猛发展，网络语言对现实生活的影响显而易见，这一另类语言也在都市人的生活中大行其道，成为人们生活用语的一部分。

（二）要有生命力，这是规范网络语言的关键

语言要发展，就不能一成不变。丁根元教授说："语言系统如果只有基本词，永远稳稳当当，语言就没有生命力可言。语言在发展，语言也需要规范，但规范是要推动发展，限制了发展的不是规范。"其实，规范语言的关键是看它是否具

有生命力。也就是说，语言是变化的。当初，一些所谓舶来品，如沙发、坦克等词语，刚出现时有人反对，大声疾呼纯洁"国语"，后来逐渐被大众接受，以至现在没有多少人认为它们是外来词语，更没有多少人对它们是否规范提出疑义。最初，人们把一种通信工具——移动电话称为大哥大，现在则统一称为手机，形成了一种规范的语言表达。可见，汉语一直处于不断的丰富发展中，而发展推动了规范。

网络语言的迅速传播，说明它有存在的道理。其流行趋势已得到了社会的公认，并且对社会产生了一定的影响。据有关部门保守统计，改革开放以来，平均每年产生 800 多个新词语。随着 IT 产业的蓬勃兴旺，网络语言成了标新一族。社会对新词语有一个必然的认知过程，而新词语自己也有一个成长、衰落的过程。那些充满生命力的新词语如果能够经得起时间的考验，肯定会被更多人接纳，反之就会被淘汰，直至黯然消失。

（三）要有人情味，这是规范网络语言不可或缺的因素

互联网属于高科技，越是高科技的东西就越要有人情味。现在流行的网络语言，大多诙谐幽默，充满人文色彩，被众多青少年认同并广为传播。面对纷繁复杂的社会，他们认为这样简洁的表达方式更有人情味，给人们带来了许多"一本正经"所没有的乐趣，让人有一种轻松感。网络语言是一种可以体现现代人生存和思维状态的新语言，它的出现在语言史上具有划时代的意义。

三、网络语言对汉语言的影响

对于网民来说，网络语言有着独特的魅力。对于语言专家来说，网络语言也由原来的不被认同到逐渐被重视。网络语言以及网络文化的迅速发展，受到了教育界、语言学界的广泛关注。伴随着对网络语言的深入研究，一门新的语言学科——网络语言学产生了。由此可见，网络语言是有一定的社会意义的。语言和社会文化之间的关系是非常密切的，两者互相影响又互相包容。网络语言的理论体系以及研究方法虽然还不够完善，但是在虚拟网络以及网络外部环境的双重磨合下，其相比于前几年的杂乱无章已经大不相同了。

网络语言已逐渐形成一种语言系统，其传播媒介是网络，主体是网民。在网络语言系统里，没有谁是权威专家，任何人都可以畅所欲言，任何人都可以表达创新的想法，任何人都可以创造新的词汇，而且新的词汇一旦被大家认可就会很快在网上传播，当流行起来又会从网络进入现实生活。

伴随着网友丰富的想象力，一些生僻字频繁出现在人们的视线中。对于这些字在网上的流行，大家有着不同的看法。有的人认为，这属于恶搞，是对汉字的不尊重，是对中华民族文化的损害；也有的人认为，这提高了人们对生僻字的关注，是有利于汉字文化传播的。

网络语言的形成和发展在不断深化，其大致可以分为三个阶段。起初，因为五笔输入法没有普及，网友为了网上交流方便，为了节省时间，会使用一些缩略语或者谐音词。这就使得交流速度得到了很大提升，这算是网络语言发展的第一个阶段。网络语言发展的第二个阶段是网友为了在保证速度的同时突出自身个性，所以使用了很多表情符号。网络语言发展的第三个阶段是伴随着网民数量的迅速增长，网络应用更加广泛，人们更加喜欢追求新鲜事物，网络语言也就得到了丰富。网络词语的流行，标志着一种新文化的诞生——网络文化。就汉字来说，它本身已经形成了一个文化系统，体现了我们中华民族的悠久历史、审美情趣、价值观念等。而网络文化则是通过文字、图片、声音和视频等来表达观点的一种文化成果。以"囧"字为例，它是网民对文字意义的扩展。随着它的频繁使用，更多的人开始关注古汉字，对古汉字产生了热情，挖掘出了更多的生僻字。每次出现一个有趣的汉字，网友都会积极地表达自己的看法，与此同时也会感叹古人的伟大，从而增加了人们对民族文化的热爱之情和自豪感。

所以说，网友根据文字的字形创造出新的含义，不但使文字的表达更加生动形象、充满趣味，而且使网友之间的交流方式变得独特，满足了年轻网民追求个性的心理，同时也使网络语言更加有特色。虽然网络语言的这些特征符合当下网民的心理需求，但是如果不对这些网络语言进行规范，就容易对现在的语言文字体系造成消极的影响，甚至造成文字使用上的混乱。比如，一些广告语乱改成语："一见钟情"被某品牌口香糖改为"一箭钟情"；某品牌摩托车打出广告语"骑乐无穷"，等等。这样的改动，势必会对青少年或文字功底并不扎实的人产生一定的误导。人们之所以关注这些网络新词语，一方面是因为它们新奇有趣；另一方面是因为它们的出现和发展在某种程度上符合网民的社会文化心理。网络语言的影响具有两面性，下面我们对这种两面性进行详细的阐述。

（一）网络语言带来的积极影响

世界上的每一种语言都是在使用之中不断更新和发展的。就文字本身来说，网络语言对汉语言的发展起到了一定的推动作用。例如，英语每年都有很多合成词随着科技进步和社会发展而诞生。网络语言通过缩略、符号、借用一些外来词或者赋予传统的汉语新的意义等手法来丰富词汇，不但形式多种多样，使用起来更是灵活多变。而且网络语言的语法打破了常规语法的规则，使人们在表达时能够使用的文字语言更丰富，给人们的生活增添了乐趣、增加了色彩。比如，前面提到的"囧"这个字的流行，就给人们的生活增添了很多乐趣，也使语言表达更加形象。

另外，很多青少年对传统文化的兴趣也是由网络语言激发的。流行起来的网络语言大多来自社会热点人物或者事件，从侧面体现出社会中存在的问题和部分趋势。人们对某一社会问题的注意，可能就是因为某一网络词语的频繁出现。由此看来，网络语言之所以流行，是因为人们对这些词语的出处非常关注。如今，网络已经渗透到人们的日常生活之中，每个人都可以在网络上畅所欲言。网络不仅成为大众表达看法、参与社会生活最普遍、最便捷的方式，而且成为信息传播最主要的方式。也正因如此，网络语言才能迅速地发展起来。

（二）网络语言带来的消极影响

网络语言带来的消极影响包括对语言使用不规范导致的语言教育的失效，以及对语言读写、审美能力的下降导致的传统语言功能的失效。网络语言中，有一部分是脱离了汉语言规范的。网络语言出现的主要目的是方便人们的交流，以及满足人们对新奇事物的向往。而在这个过程中，网络语言慢慢地不再恪守汉语言规范。有的词语在网络化后原本的词义被曲解，还有很多语句或词汇中刻意添加了错别字，这些对汉语言本身的曲解、异化使语言教育受到了不可避免的影响。广大网民中青少年的占比非常大，他们更加热衷于新鲜事物，且对新鲜事物的适应能力更强，并具有饱满的情感，但对是非的分辨能力较弱。青少年正是接受外界影响形成自我意识的阶段，如果过多地接触网络用语会很容易出现语言表达不规范的现象，这对其语言的学习是不利的。网络语言还会限制人们的语言能力，长时间接触网络语言会导致人们的读写能力下降，审美需求和审美情趣降低。网络不同于现实世界，它是一种虚拟的存在，是一个可以畅所欲言的文化交流的世界。网络语言通过自身的多样化和强大的影响力建立了全新的语言模式。其直接的表达方式和特殊的组成形式使其快速地融入传统的语言文化中，从而带来了传统文言文化的功能丧失。

随着经济全球化的到来，国际之间的沟通交流越加频繁，不仅仅是国际之间的经济贸易迅速发展，国际化的文化产业也快速发展。语言作为交流的重要载体，越来越受人们重视。在新的时期，随着中国在国际上影响力的逐渐扩大，人们对汉语也更加关注，汉语言的发展也有了更为广阔的前景。越来越多的国家都在积极倡导学习汉语，越来越多的外国人也体会到了汉语言无穷的魅力，在世界范围内掀起了学习汉语的热潮。中国是一个语言文字起源大国，汉语经过长期的发展，历史积淀很深厚，因此规范汉语言文化传播是文化的需要，更是搭建国际友好关系桥梁的需要。规范的汉语言对国际交流可谓意义重大。在新的时期，汉语言迎来了新的发展机遇和挑战。因此，我们要加大力度传播汉语言文化，扩大汉语言的影响力，逐步实现汉语言的产业化和国际化发展。当然，汉语言文学的产业化和国际化这一目标要想实现还有很长的路要走。汉语言文学如何发展，怎样实现更大范围的发展，需要树立一个长期的发展目标，要积极有效地探索实现产业化和国际化的需要。在这一点上，汉语言要注重凸显自身的特点，与此同时提高自身的影响力，扩大自身的影响范围，进一步实现突破和提升。

第二节　新媒体环境下汉语言文学的发展

新媒体创造的文学活动环境，使汉语言文学处于开放、自由的状态，形成了前所未有的百花齐放、百家争鸣的文学态势。尤其网络文学的繁荣，是当代文学所必须面对的一个现象。本节着重探讨新媒体时代下汉语言文学的发展和形式转变等内容，通过系统研究，总结和阐述现代新媒体对汉语言文学的重大影响。

一、新媒体环境下汉语言文学生产机制的变化

（一）新媒体改变了汉语言文学的生产方式

新媒体介入文学活动，首先改变了现代汉语言文学的生产方式。与此同时，文学活动的环境、作家的身份和组织形式、文学的生产模式都发生了变化。考察当下的汉语言文学生产，要特别注意市场和媒介两个因素的影响。在社会主义市场经济体制的作用下，市场化的文学生产逐渐形成；新媒体的网络化、个人化、平等化、开放化等特点，使得文学活动的主体突破身份的限制，从知识精英到普通大众都能尽情地参与文学活动，并因共同的文化倾向，借助网络平台形成新的文学活动群体。

1. 新媒体创造了汉语言文学新环境

20世纪90年代以来，中国逐渐进入新媒体时代。新媒体最开始只是一种新的传播介质，后来才介入汉语言文学创作和发展中。新媒体创造了汉语言文学新

环境表现在以下两个方面：创造了全民自由参与的虚拟时空，带来了新的文化逻辑。此外，新媒体的出现，在一定程度上打破了传统的文学规约，改变了传统的文化观念，重建了文学秩序，为汉语言文学的进一步发展提供了新的可能。

（1）创造了全民自由参与的虚拟时空

新媒体创造的虚拟时空，打破了物理时空的限制，创造了人际交往的新空间，给予了全民时间与空间的自由。任何人只需一台能上网的电脑，或是一部能上网的手机，就可以在任何时间、任何地点实时地参与文学活动，分享自己的作品，让他人听到自己的声音。

（2）带来了新的文化逻辑

互联网对滋生和传播后现代的文化精神起着巨大的推动作用，而电脑和手机在其中扮演了重要角色。在新媒体时代，四通八达的网络通道打破了既有的话语等级秩序，出现了"众声喧哗"的场面，任何声音都很难成为权威，网友的各抒己见颇有几分春秋时期百家争鸣的味道。

2. 新媒体改变了汉语言文学活动的主体与组织形式

在新媒体时代，作家身份完成了由传统的启蒙者、社会精英向大众化的转变，而汉语言文学的组织方式也打破了以往的桎梏，实现了"平民的文学"。网络文学社团、新的读书沙龙和微信平台是传统文学社团在新时代下的演变，其借助网络将更多的文学爱好者组织起来坚守文学，进行文学创作。

（1）作家身份的嬗变：从精英到大众

在新媒体时代，文学创作的门槛有所降低，文学写作几乎不受身份的限制，只要有文学表达的欲望，会打字，依靠一台可以上网的电脑，就可以在网络上发出自己的声音。文学成为普通大众日常生活的一部分，成为记录和体验生活的一种方式。新媒体时代是一个全民作家的时代，这个时代的文学不再是少数人的专利，任何人都可以进行写作，因而呈现出非职业化、平民化趋向。

（2）作家的组织形式：体制的"逾越"

中国当代文学前30年是"准政治"下的文学生产，作家在中国文学艺术界联合会和中国作家协会的领导下开展创作——"领导出思想，群众出生活，作家出技巧"。自20世纪80年代中期以来，作家的组织形式发生改变，中国文学艺术界联合会和中国作家协会的组织功能弱化，甚至有作家退出作协，成为"自由撰稿人"。在新媒体时代，因共同的文化立场、价值倾向所建立的网络文学社团和文学同人群落等新的组织形式发现了。作家的文学活动开始超出"体制"的范围，并以新的方式组织在一起。

3. 新媒体促成了新的经济化文学生产模式

在现代社会，作家为了维持自我的生存和发展，必然会与出版商、市场发生关系，其创作的文学作品自然就有了商品的属性。作家作为商品流通链条中的一个环节，不再是孤立存在的，需要时刻关注文化市场的需求，创作出符合读者审美情趣的作品。期刊、出版社的转型是 20 世纪 90 年代，文学为了适应市场开始了主导文化生产的重要策略。畅销书生产机制的建立，成功地树立了经济化文学生产模式。如果说市场在文学生产转型中起着巨大作用，那么新媒体则促成了新的经济化文学生产模式——文学网站的文学生产线以及利用网络资源的文学生产。

文学网站作为文学生产、传播、消费的重要场地，为文学创作者和文学接受者提供了写作和阅读的场所；但同时作为经济化的文学活动平台，更多地受资本运行规律的制约，确立了新的生产模式。

(二) 新媒体改变了汉语言文学的创作观念与形式

文学观是指如何理解和看待文学。新媒体改变了汉语言文学的创作观念与形式。在这个多元化的社会环境下，文学很难再承担唯一的价值和意义，不同的作家也因不同的文学追求，在文学活动中践行着不同的文学观念。与此同时，文学作品的内容、艺术样式和美学品质因数字技术的介入出现了新的思想意蕴和审美品质。

1. 文学创作观念的转型

进入新媒体时代后，汉语言文学受政治的或是经济的功利主义束缚，更加注重抒发自我的功能，回归袒露心性、娱情快意的自由本质，表现人的精神世界。尽管一部分作者与接受者仍然将文学视作神圣，但是更多的创作者秉持着一种自由的创作心态。他们大多数"躲避崇高"、独抒性灵、不拘格套，在网络的自由空间内表现自己的内心生活和情感世界。新媒体时代的文学创作观念，是从"我"出发，再回归到"我"。不过，有时一些作者会全然将文学当作游戏的、娱乐的、发泄的。这种"快感"是脱离了本能的，是思绪所到的情感喷发与流淌。

正是这种任意的姿态，让我们看到了文学的活力，让我们在自由的汉语言文学创作中看到了现代人真实的精神世界、价值取向和文化立场。透过汉语言文学的窗口，新媒体更加关注人的存在。而这些与新媒体时代自由的文学生产与传播平台是密不可分的。在新媒体时代，汉语言文学正努力摆脱各种社会因素的影响，寻找它的自由精神。

2. 作品内容与艺术形式的转型

新媒体介入汉语言文学，改变了汉语言文学的内容和艺术形式，从文学体裁、题材到表现手法都出现了新的样式。汉语言文学发展出现的新趋势表现在："小叙事"与"超长篇"是新媒体环境中出现的新文体；类型文学则是商品化文学生产的产物，充满着本能欲望；多媒体技术丰富了文学的表现形式。新的社会文化环境和新的媒介环境给汉语言文学的发展带来了新的可能。

3. 文学美学品质的变异

汉语言文学作为一种社会性存在，其本身必然会被打上清晰的时代烙印。特定历史条件下的社会风尚会对创作者产生影响，这种影响也将投射到作品中。因此，汉语言文学的美学品质与时代的密切关系反映着特定时代的精神气候。21世纪，新的传播媒介不再只是一种工具、手段，而是已经融入被传播物中，成为其审美价值的一部分。互联网给文学提供了新的生态环境，其后现代的意义指向、中心的消解、个体的凸显正在消解着集体价值下唯一的崇高文化，进而生成"崇高""优美""喜剧""悲剧""丑""滑稽"共存的文学现场。

网络、手机等参与社会文化的塑造，为世俗化的快乐审美、感官刺激、文化消费提供了新的可能。新媒体的交互性、自由性、即时性、随意性吸引了大众的广泛参与，为文化的生产和传播提供了有效的工具、手段，更为多元的审美提供了生长条件。而多元的审美反映了文学的生命力，也为产生优秀的文学作品创造可能。在"躲避崇高"之后，文学审美呈现出多元化的趋向。传统文学中的"崇高""优美""悲剧""喜剧""滑稽""丑"等美学品质共存在当下的文学创作中，然而却趋于一致地出现了"世俗化"的美学倾向。"世俗化"本身并不具有贬义，而是一个中性的概念，只不过要警惕由审美自由带来的鱼龙混杂。我们尊重多元的文化选择，但是我们也要看到多元背后的世俗化倾向，以及隐藏其中的消极因子：缺乏人文精神；丧失批判意识；深度的削减以及感性的泛滥；放弃传统民族、国家的集体精神，而越加关注个体的价值，等等。

（三）新媒体改变了汉语言文学的传播方式

新媒体突破了传统媒体文学发表空间的有限性，实现了文学作品超时空的、即时的、无限传播。当今，各种数字化的信息交流平台为大众提供了一个尽情言说的空间。以网络文学为核心，新媒体实现了包括传统纸媒、影视、游戏、广告、动漫等在内的"多层次的衍生品"的共存，大大激发了网络文学的生命力，丰富了文学的生命形态，吸引了不同趣味的消费者，取得了巨大的经济效益。

1. 数字媒体实现了超时空的即时传播

网络空间的无限性，让每个人都有了表达的机会，都有了自由表达的权利。人们除了现实、有限的物理活动空间，还可以在虚拟的网络空间自由飞翔。网络空间的无限性，增加了信息的承载量，扩大了汉语言文学的存在空间，使汉语言文学彻底从狭窄的纸媒空间中解放出来。任何有意愿发表作品的人，都可以将自己的作品与他人分享。电子技术突破了传统物理传播时代的信息壁垒，使物质、时间、空间的阻隔与冲突在数字媒体时代得到了解决。

2. 新媒体提供了自由选择的传播平台

进入新媒体时代，互联网、手机等的广泛应用不仅更新了信息传播介质，方便了信息的传递，还为汉语言文学的发展提供了具有互动性、开放化、个人化的新平台，为大众开辟了语言狂欢的场所，也为迎来汉语言文学全新的写作时代创造了必要的条件。

3. 全媒体融通促进了汉语言文学多种艺术形式的传播

网络文学通过传统出版、影视改编、游戏改编等全媒体的跨界合作，再次扩大了其传播空间，赢得了更多的消费者，实现了其经济价值的最大化。同样，汉语言文学也能够从中受益。汉语言文学的原创作品，通过与影视、娱乐、广告等的深度合作，正在形成一条引人注目的产业链，已经实现了"一次生产，多次利用，全版权获利"。更重要的是在视觉时代，我们找到了汉语言文学全新的生存和发展出路。

二、新媒体环境下汉语言文学存在方式的转型

在新媒体对文学的挤占、文学本身的激变、读者注意力的转移这三股力量所形成的强大合力的作用下，纯文学几乎已经到了自娱自乐的地步。与此同时，汉语言文学也不可避免地面临着这样的困窘与危机。这就促使我们对汉语言文学存在方式的研究，应该由对汉语言文学本质的阐释转向对文学现实、文学实践的关注。而实质上，当下的文学也正以大量的实践活动彰显着文学存在方式的悄然转型。这样虽不免让人对文学的命运感到沮丧，但却是文学自身在新媒体时代被迫

做出的无奈抉择。

（一）从审美创造到复制生产

汉语言文学的创作方式由审美创造到复制生产的改变，标志着汉语言文学从艺术作品到精神产品的转型，意味着汉语言文学不再是作家对生活进行体悟或者深思后的艺术创造，而是沦为一种机械时代下的简单复制。这种复制将导致汉语言文学失去它原应具备的神圣性、批判性和唯一性，只是作为一种产品而存在。可以说，当下中国的文学审美教育真切地诠释了文学作为一种产品的概念。

1. 机械复制时代下的文学生产

新媒体为文学传播提供的强大技术支持，使得文学作品对于普通人来说不再难以获得。面对当前极度发达的出版传媒业，文学作品包括传统文学、网络小说、青春小说、玄幻小说，乃至一些泛文学类的情感、时尚读物的海量涌现，填平了曾经长期横亘于普通读者和精英文学之间的鸿沟。

这种距离感的丧失，使当下的读者感到文学作品是如此容易获得，甚至感到他们自己本身就是文学作品的创作者。当下的文学作品在被大量复制和传播的过程中，虽然能够使文学的价值得到几何级的扩散，但是也导致文学作品丧失了它的即时即地性，即文学的原真性，并由此引发了文学作品期待感和满足感的沦丧。

2. 被异化的文学审美

进入新时期以来，人们对我国教育制度的质疑不绝于耳。尤其是随着素质教育理念的勃兴，人们更是开始深刻反思长期以来以高考为旨归的应试教育的弊端。在这种质疑声与批判声中，人们对待汉语言文学的审美教育也涌动着一股浮躁的气息，原本是培养人的审美能力的艺术教育，被异化成"追求极端""放肆自我"的审美倾向。大众化的汉语言文学创作，使许多作品缺乏文化底蕴的支撑、缺乏人生经验的历练，使艺术已经演化成可机械复制的技术。

（二）从意识形态到话语狂欢

1. 重返文学的娱乐时代

文学不管是作为一种意识形态，还是作为一种审美意识形态，过于强调其意识形态功能，都会导致其承担许多原本并不属于自己权责范围内的职责。正是这些意识形态，试图让文学走上一条故作深沉和严肃的道路。当然，文学有益于人心教化，有益于人类对梦想和未来的追求，无疑是正确的。但是过于强调文学的意识形态功能，容易导致人们淡忘文学在除却庄重和严肃之外，还有一张轻松活泼的面孔。而这正是文学在不断意识形态化的过程中被人批判，乃至被人遗忘的娱乐功能。

随着新媒体时代的到来，娱乐在某种程度上已经成为这个时代人们精神消费的一个重大主题。从八卦事件到花边新闻，从电影明星到体育巨星，娱乐俨然成为市民社会里最热门的词汇。同样，活在当下的文学也注定无法逃避被娱乐的命运。尽管文学早就具备娱乐的功能，但市民社会里无节制的娱乐还是常常让文学陷入极度的狂欢之中。

2. 被泛化的文学

诗意和诗性的逐渐沦丧不仅存在于诗歌当中，在当下的中国传统纯文学中也是一个不可回避的问题。与诗歌的遭遇稍有不同，当下的小说还处于艰难的抉择当中。到底是坚守严肃的文学领地，还是走向纯粹的商业化之路，中国文学还无法找到自己的确切定位。无论是作家还是文艺评论家，都是一方面依然对纯文学的传统身份念念不忘，执着于凸显纯文学赖以区别网络文学等通俗文学的高贵血统，另一方面面对文学在当下的严酷现实，不得不时常采取一些举动以谋求人们对纯文学的重新关注。

为了应对文学的危机，我国的文艺理论界发生了一次关于是否将文学研究转向文化研究的争论。在这次争论中，以童庆炳教授为代表的老一辈学者坚决否认文学会走向终结。因为他们认为"文学有属于自己的独特审美场域"，"不论如何边沿化，都永远不会终结"。然而，以陶东风教授为代表的中青年学者却提出截然不同的看法。他们认为"当下占据大众文化生活中心的已经不是传统的经典文学艺术门类，而是一些新兴的泛审美艺术现象"。因此，陶教授提出"日常生活审美化"，即在文学研究的领域内进行"越界"和"扩容"，从而使文学研究转向文化研究。但不管是"日常生活审美化"还是文学研究的文化转向，都反映了我国文艺理论家内心的纠结与复杂。他们一方面为当下文学和文学研究的前途感到焦虑，另一方面又没有足够的勇气直面文学的失落乃至"终结"。

（三）从道德的象征到消费的象征

文学从审美创造的艺术作品转型为机械复制的精神产品，意味着文学将不再承载意识形态赋予的历史与政治价值。随着消费主义时代的到来，作为文学作品消费端的读者身份得到了空前的提升与尊重。自此，文学生态领域内由作家、评论家、读者三股力量保持的平衡被打破，消费最终完成了对文学市场的统一。文学生产机构所倾心关注的也不再是文学本身所持有的诗意价值，而是文学作为一种消费品所潜藏的商业价值。文学由作品到产品再到商品的转变，标志着文学不再是道德的象征，而是消费的象征。

1. 消费时代的艺术秩序

物质财富和服务的极度丰盛带给人们的不仅是享受的快捷，更是人际关系的变革，它瓦解了长久以来以权力为纽带的人际网络。消费的横行，抹平了过去人们权力关系上的差异，建立了商业社会里以消费为准则的交往秩序。这种新的平衡完全模糊了人与人之间的关系，而唯一得到凸显的是人与物的关系，即消费者与商品的关系。在这种关系下，世界上的一切人和物都能够找到自己的定位。消费就像一张巨大的弥天之网笼罩了整个时代，任何事物都能从中找到自身存在的商业价值。

巨额的经济收益几乎可以横扫一切话语禁忌，它呈现给人们的虽然是赤裸裸的金钱，但是留给当局者的却是直白的快感。因此，当代艺术包括文学在内都无法回避这个最现实的语境。当消费时代真正到来，艺术却无法对抗如此强大的潜在力量，早就沦为精神产品的艺术遭到了再次贬值而由精神产品沦为精神商品。眼下，一个以消费者和商品为核心建立起来的规则，号令了整个艺术市场，并将重建整个艺术领域内的秩序。

2. 先锋艺术的"末路"

消费重建的首先是先锋艺术的秩序，这使得曾经风靡一时的先锋艺术走向"末路"。作为中国先锋艺术的代表，摇滚乐曾经在 20 世纪 80 年代掀起了一股热潮。但到了 90 年代，指斥时代弊病，挖掘人类心灵，浇筑理想家园的先锋艺术随着消费主义带来的世俗化而化为一场迷梦。当然在消费时代走向"末路"的先锋艺术不止摇滚音乐一家，曾被文艺理论界寄予厚望的先锋小说也遭遇了同样的尴尬。

造成先锋小说集体溃退的原因是多方面的，其中固然有过于追求形式上的前卫性、反叛性，使得先锋小说更像是西方文艺理论与中国本土语言的嫁接品。但最重要的原因在于，无论是先锋作家，还是曾经给予先锋文学鼓励与支持的文艺评论家，都没有意识到当代中国文学是一种被读者消费的文学。

第三节 "新媒体＋传统"汉语言文学发展探析

计算机技术和互联网技术的不断发展和完善，为汉语言文学的发展提供了全新的道路，使汉语言文学的表现形式更加丰富、内涵理念更加深刻、传播速度更加迅速、发展前景更加多样。如果能够正确运用网络新媒体技术，就可以有效激发当代年轻人对汉语言文学的兴趣，使汉语言文学的发展突飞猛进。但是，计算机、网络与传统的教师口语、板书、辅助卡片等汉语言文学传统的传播方式一样，都属于"工具"的范畴，没办法代表时刻进行思维活动的、鲜活的生命体验。这也就意味着，汉语言文学传播者在将从网络、书籍、报刊上搜集来的文学资料进行罗列后，如果没有进行综合分析、去粗取精和心灵加工，而只是作为眼前的资料以遮掩耳目，就会出现不利于汉语言文学发展和传播的诸多问题。例如，海量的汉语言文学资料无所统属，汉语言文学作品的演绎将失去审美和哲理的思想统领；汉语言文学作品的内容表面上数量极大，那么汉语言文学的质量就无法得到保证；汉语言文学作品的鉴赏过程被大大缩水，以致抽象的结论充斥于网络当中。以上问题是新媒体条件下已然出现且必须解决的问题。本节将结合一线教学的现状，对新媒体条件与传统教学方式结合的问题进行探析，以期对汉语言文学的进一步发展研究有所裨益。

一、工具与思想的结合

从人类诞生那一刻起，能利用工具就是人与动物相区别的必要条件之一。工具是人类眼、耳、肢体等自身生理条件的延伸，是人类生存智慧或思想的体现。原始人类是为了生存而创造工具。当人类文明发展到一定程度，于生存目的之外，人类在不断的物质和精神需求的推动下，为了提高劳动生产效率，会不断改进和创造新的工具。创造的思想始终是工具产生和被利用的前提。在人类历史上，只有当工具异化为某种反文明的思想，即工具服务于某些人的自私目的而被迫沦为思想本身时，工具才等同于思想。

中国汉语言文学教学以教师为主体，坐而论道，教师"逼迫"学生将经典篇章背诵下来，以高高在上的姿态将自己认为正确的思想传授给学生。这种教学方式虽也有启发式的引导，但总体上缺少对知识的实时理解，需要在以后的求学和实践中不断体会和领悟。但是在今天看来，古代学者对文学经典的钻研和理解，未尝没有对教学内容中某种思想的直觉体验。我们再将目光转向现代，汉语言文学传播者除了以口语讲授外，还可以配合精美的板书、丰富多彩的卡片以及传播者本人对内容的生命体验，以或高雅脱俗，或醇厚深刻，或潇洒不羁的仪态，以作品内容为中心，将某一类型的思想人格展现给学习者，促成双方互动。这样，包括审美愉悦、人格熏陶在内的思想便成为汉语言文学传播的后盾，这未尝不是一种有益的人生体验。

然而，如今随着计算机和网络的发展，大量内容能从网络上直接查找并复制粘贴，配以图片、通读文章等音频资料，扩宽了汉语言文学发展的渠道，但同时又缺少了对文学内容的深度综合、深刻分析和深入思考。

因为网上的资料量大，人们在阅读时有意或无意间就会对其形成依赖，以致在很大程度上变成电脑的奴隶。人们一旦离开它，不仅文学探索几近无法进行，甚至连文学阅读和文学创作也成了问题。笔者就有这种体会，常年用电脑写字，有时候因为某种"空闲"的机缘，想要自己手写，才突然发现有想写但不知如何写的停顿。因为对新媒体工具形成了依赖，思想也变得懒惰了。

从辩证的角度来看，工具与思想是相对的。现代科学技术带来工具的超前发展，这是思想的极度繁荣。但是，传统文学学习方式中那些看来原始的、过时的，甚至笨拙的工具，也许对我们锻炼"思想"的敏锐度极有好处。工具的超前发展也有可能助长工具的异化，造成"思想"在某种程度上和某些方面的萎缩。因此，现代汉语言文学的发展更应该思考如何使"思想"重新鲜活的问题。

二、数量与质量的结合

汉语言文学的发展和传播，既要满足一定的"量"，又要确保文学作品的"质"。我国汉语言文学知识浩如烟海，是不可能在短短几年的义务教育中就能把所有的知识都见全、看透的。正因为汉语言文学的博大精深，我们更应该对其质量进行严格把控。

人们在初次接触汉语言文学时，面对大量且复杂的文学资料，根本就不知道应该从何处下手。这个时候，就需要有"前辈"出面引导。优秀的汉语言文学传播者能以简驭繁、以少总多，将自己掌握的信息高度概括，并以通俗易懂的方式加以升华。如果确是精华，就会给初学者更多指点，这倒不失为一种使数量与质量相统一的方式。

在多媒体条件下，我们更能利用这些新工具提高汉语言文学的发展质量。但是要谨记，网络只是我们用来搜集和传播汉语言文学的工具而已，不能让"工具"代替人类自身"活"的灵魂。网络中各类文学作品良莠不齐，对从网络中搜罗来的文学资料、信息，如果没有进行去粗取精、去伪存真的增删取舍，不仅无法将汉语言文学的优秀内容发扬光大，反而还会对汉语言文学的发展产生不利影响。

就汉语言文学的发展来说，在利用多媒体尽量搜集和传播更多作品的基础上，我们将多媒体提供的文学精华与传统文学教学的精华思想加以结合，在知识性、趣味性和人格伦理、思想情操上，对汉语言文学进行更加深刻的挖掘，在不断增加汉语言文学作品数量的同时保证质量。

关于做一件事情，俗语有"一招鲜，吃遍天"的说法，这当然谈的是掌握一门技艺的质量。那么，从为学来说，孟子曾言："博学而详说之，将以反说约也。"在获得广博知识的基础上，不仅细致地探究，更要进行总结工作。为学既要广收博取，注重数量，又要精择专一，务求精熟，最后才能达到简约精要。

三、鉴赏与研究的结合

在现代汉语言文学的发展历程中，向来存在传统发展模式重鉴赏和新媒体发展模式重研究的两种趋向。在现代汉语言文学发展中，新媒体发展模式充分利用了多媒体提供的渠道便利，将诸多作品鉴赏示例充实到网络媒体当中。应该说，多媒体手段非常有利于文学作品的创作和传播。但是，在新媒体发展模式下，我们对传统教学模式中重视的作品鉴赏过程是有所忽略的。如果只是一味地创作文学作品和传播文学作品，却忽视文学作品中的鉴赏价值，就无法对汉语言文学的发展和传播起到太大作用。

在现代汉语言文学传统发展模式中，通常以常识性的作家、作品知识鉴赏为重点，进而以感性的火花引领理性的探索，以鉴赏带研究，以质量换数量，这是其优点。这种发展模式可以造就教学型教师，即教学、研究能力兼长的教师，为汉语言文学的发展和传播作出贡献。新媒体发展模式欲以数量换质量，就要遵循从量变到质变的哲学规律，但对从量到质的飞跃过程重视不足，或者说无能为力是其障碍。从客观效果来说，新媒体发展模式更侧重数量之多和创新性的研究结果。新媒体条件下的汉语言文学发展，客观上出现研究型教师的比例可能较大。

现代汉语言文学的发展，应探索传统重鉴赏和新媒体重研究的有机结合，从而进行创新性的研究。这就要求在掌握基本的汉语言文学常识和研究基本技巧的基础上进行，如果基本知识、基本技能都不具备，那么进行的研究很可能是肤浅的，甚至是蹩脚的。要想更好、更深入地鉴赏作品，还需要新媒体条件提供的大量资料，才能使鉴赏品位建立在较为科学的基础上。

　　总之，在网络新媒体条件下，我们在充分利用其便利，搜集和发布汉语言文学作品的同时，还应该将重点放在对文学作品的分析和解读上，将新媒体条件与传统方式适当结合。

第七章 汉语言文学的多维探索

第一节 汉语言文学的未来走向

一、汉语言文学的主要走向

文学流变至今，已经历了千蜕万变，而现代信息社会的迅猛发展，还在进一步对文学的生产方式、传播方式以及阅读方式起着革命性的作用。在新的语境下，"什么是文学""文学的本质是什么"这些重要问题又被重新审视和反思。毋庸置疑，消费社会和网络时代的到来，使传统的文学观念和文学形态受到了巨大冲击。文学的意义及其规则受制于怎样的话语机制和意识形态，再次成了文学家和文学研究者关注的焦点。

实际上从柏拉图开始，文学存在的合法性和它作为学科的边界就不时遭到研究者的质疑。在19世纪初，黑格尔曾指出："艺术在工业面前无处容身，就它的最高的职能来说，艺术对于我们现代人已是过去的事了，因此，它也丧失了真正的真实和生命，已不复能维持它从前的在现实中的必需和崇高地位"。在他看来，艺术源于感觉、情绪、知觉和想象，是人类的一种非理性的产物，它是用感性的形式去表现和抵达真理。科技的进步一方面使人类的物质生活更加丰富，同时也使人类的精神生活愈加贫乏。在偏重理性、理智、规则和技术的时代，艺术的最终命运便是走向死亡和终结。

自19世纪以来，本质主义意义上的文学概念受到了空前的动摇。尼采、德里达、巴特、弗洛姆等人都对本质主义的文学观提出了质疑。近年来，传统文学观念的解体出现了加快的趋势，这向当代文学理论提出了严峻的挑战。在这种语境中，文学研究出现的新趋势主要有这样几个方面：一是从宏大叙事转向私人化写作；二是从价值重估转向价值重建；三是从审美诉求转向文化文本；四是从精英文学转向平民文学。

从文本具体形态来看，主要有生态文学、网络文学、文化文本、短信文学等新的文学类型。

（1）生态文学。生态学本属于环境科学或生物学的研究领域，但随着工业社会带来的全球变暖、资源短缺、环境恶化等后果，人类不得不承担起自己的生态责任。当这种责任被文学家以文学形式具体化时，就出现了生态文学或环境文学。随着生态文学的逐步发展，在文学的未来景观中，它的存在形式可能不仅仅是一种文学样式，更有可能是一种生存观和世界观。

（2）网络文学。电脑网络的出现给当今世界带来了巨大变化，加拿大学者麦克卢汉用"地球村"和"信息时代"对这种变化作了概括。网络在人际交流中具有快捷方便的优越性，在这种新的环境中，文学领域也出现了网络文学这种新的文学形式。许多作家和评论家开始对它进行学理上的归类和研究，有关网络文学的批评、研究和争论也随之出现。网络文学的出现，对传统的文学形式和文学观念造成了诸多挑战。但是，网络文学未来的发展趋势和前景，从目前来看还是有很大争议和值得研究的问题。

（3）文化文本。在当今文坛，文学被当成了文化的一个分支或一个维度，文学只是其中最具有审美性的艺术表现形式。但是，就文学观念本身的流变而言，杂文学的一个重要特征就是其文化性。传统文学的学科边界被"文化"这个更加宽泛的概念所拆解和整合。文学的这种转型与西方的符号学、文化研究的趋势有很大关系。文化文本的主要特征是文学与文化趋同。经典文学的样式往往是精英知识分子创作的具有独立个性的艺术世界，而文化文本则是在文学与大众文化之间形成了共时态的对应关系。文化文本在西方有多种形态，如后殖民文学、女性文学、都市文学等，在中国则有时尚读本、文化散文等。所谓时尚读本，是其作为一种新近形成的小说形式而得名的，是显现于 20 世纪 90 年代初，生成于 90年代末期的，在文学市场化时代中形成的小说形式的概括与认定。就其叙事风格而言，常常是对一种社会原生态的模拟，其美学特征主要表现为时尚性质、复合特征、市场策划意识、都市流行风格。文化文本的形式非常多，总体来说，呈现出多元共生、杂语喧哗的局面。所谓文化散文，是指在消费社会的文化市场引导下，个体之间的时空距离和文化差异逐渐缩小，散文从传统的个体世界的温柔之乡，转向书写大时代文化品格的文学散文。它往往用一种厚重的文化历史反思来重建当下的主体人格。

（4）短信文学。网络和手机的普及促使人类的交流变得更加方便快捷，尤其是手机的大众持有量在短时间内的成倍猛增。手机普及导致的一个重要结果便是交流的多样性，如通话、发短信、上网等。在手机时代中，文学也开始以手机短信息的方式广泛流行。短信文学的最初形态仅仅是生活交流语言的短信化，后来逐步确立了简洁、凝练、风趣、幽默的基本话语机制，使文字能在瞬间流传到四面八方。最初的短信文学只是一些简单明快、具有文学色彩的语句或打油诗，后来则出现了简短精炼的诗歌、散文、小说等，甚至有严肃作家介入创作和评奖。这表明，短信文学已经引起了文学界的关注，在今后的社会生活中，它或许能以更加成熟的形式进入到文学理论的研究中。

二、文学发展与社会发展的关系

（一）文学发展以社会发展为前提

从文艺的起源我们可以知道，文学作为人类的精神活动产物，是由人类创造出来的。它紧随着人类的产生而出现，伴随着社会的形成而诞生。它既是人类生活的反映，又是社会意识的表现。随着社会生活和社会意识的历时态演进，文学也产生了相应的变迁。因此，文学的发展离不开社会的发展，文学的发展以社会的发展为前提，同时又是整个社会发展的一个组成部分。

1. 社会发展为文学内容发展提供基础

在漫长的原始社会阶段，社会群体还没有分化出阶级，因此当时的文学表现出了显著的、单纯的集体性。当时的文学要么反映人与自然的斗争，要么反映人们共同的劳动生活，如我国最古老的《弹歌》，"断竹，续竹，飞土，逐肉"，描写的是原始人集体从事狩猎的情景；或者表现原始人对自然现象的某种认识和想象，如"羲和者，帝俊之妻，生十日"，是对太阳起源的解释。"女娲抟黄土作人。剧务，力不暇供，乃引绳于泥中，举以为人"，是对人类起源的解释；或者反映原始人多方面的社会活动，如黄帝与蚩尤之战、刑天与帝争神、共工怒触不周山，反映了部落之间的战争；或者表现精神生活中美好的幻想和愿望，如夸父追日、精卫填海、嫦娥奔月等。总之，原始文学反映了原始人共同的生活，表现了他们共同的认识、情感和幻想，它不带任何阶级色彩。

进入阶级社会后，随着生产力的发展，阶级的产生，物质劳动与精神劳动开始分工，这时就出现了独立的文学艺术部门以及专门的诗人、画家、乐师和舞蹈家，文艺得到了迅速发展。物质劳动与精神劳动的分工是同奴隶制的建立联系在

一起的，它对文学发展起到了历史性的积极作用

然而另一方面，社会分工使社会形成了从事物质劳动与从事精神劳动的两个集团，文学也由此分离为民间文学与文人文学，这在一定程度上造成了文学在内容上的距离、艺术上的分野以及精神上的差异。

随着社会的发展和各民族的形成，每个民族共同的历史、文化传统和社会生活特点以及在审美趣味、语言等方面的特色，都通过文学创作表现出来，这便是文学的民族性。

文学的民族性不仅表现在长期积淀下来的民族审美趣味以及风格和语言的特点上，而且还表现在其文化内容上反映出的民族的情感、利益和精神气质。

到了近代，随着资本主义的发展和科学的进步，世界各民族的联系大大加强，各国文学的交流也日益频繁和强化，文学趋向于世界性。一方面，能够代表各民族文学成就的优秀作品已经走出国门，流传于世界，作家们越来越具有"地球村"的观念和视野；另一方面，各民族文学互相借鉴、互相吸取和交融汇合，不断地催生出具有世界性特征的新的文学素质。这就是文学的世界性。

总之，集体神话、民间文学与文人文学、民族文学和世界文学，都是文学在一定发展阶段中表现出的不同的社会属性。它们随着社会的发展而出现，并反映着社会的现状和变化。事实证明，社会发展为文学内容和性质的发展提供了基础，两者为同步关系。

2. 社会发展为文学形式发展提供动力

文学随着社会的发展而发展，这不仅指文学的内容，也包括文学的形式。文学形式适应着内容表现的需要，新的内容是新的形式产生的重要推动力。而内容是社会生活的反映，它的不断更新有助于社会的向前发展。因此，文学形式的产生和发展有其自身的原因，但从外部关系看，则是由社会发展变化而引起的。此外，有些文学体裁的兴起与演变还与社会发展所提供的物质手段和客观条件有直接关系，如长篇小说的盛行与印刷技术，戏剧与城市的形成、舞台的设备，电影、电视文学与现代科技及传播工具，网络文学与互联网的发明等，都有着密切的关系。总之，在文学发展史中，文学形式随着社会的发展而演变，经历了一个从简单到复杂、从少样到多样、从萌芽到成熟完善的发展过程。

诗歌形式的变化原因是复杂的、多方面的，但我们从中可以发现一条线索，那就是从四言到五言再到七言诗句，字数是不断增多的。诗句是诗歌形式的最基本的单位。诗句字数的扩展，一方面使诗具有了反映生活的更大的容量；另一方面，由于一句诗中语词间的语法关系与意义组合存在着更多的变化的可能性，从而有助于诗歌表达更为细致和复杂的情思内涵。除其自身之外的原因，在于社会

的发展变化，在于生活内容的日趋复杂曲折和丰富多样。当产生于奴隶社会的四言诗不足以表现封建社会前期的社会生活时，西汉时期的五言诗就应运而生了。在封建社会中期，生活内容进一步变更和扩大，隋唐时的七言诗就得到了长足的发展，并成为诗歌的主流形式之一。

从戏剧等文学体裁的产生来看，原始祭祀歌舞已经包含了萌芽状态的戏剧因素，但我国戏剧艺术的真正诞生却是在唐代到宋金时期。那时，商业经济相当发达，手工业和交通运输业也比较兴旺繁荣，雇主、商人、企业主聚居的市镇为数众多。这产生了两方面的结果，一是城市中开始出现集中的游艺场所，为戏剧演出提供了可能；二是市民阶层的形成，使文学产生了表现新的生活内容和市民意识的需要。戏剧形式正是当时社会发展到一个新阶段的必然产物。

3. 社会发展影响文学发展的机制

社会发展影响文学发展是有它独特的运行机制的。也就是说，社会总是通过自己不同层次的结构变化以及一定的方式、途径去制约文学的发展。我们可以从以下四个方面具体考察这一影响机制。

（1）文学与社会政治、经济结构的变化

一定的政治体制与政治观点及其变化，对文学的影响是重大而又深刻的。这可以从三个方面来看。第一，处于社会变革时期的政治以及激烈的阶级斗争，影响着文学的方向和性质。如春秋战国时期政治动荡，各种社会矛盾激化，形成了"百家争鸣"的局面，这是散文的黄金时代，所以当时的诸子散文和历史散文都带有很强的政治哲理性。19世纪俄国批判现实主义文学的高度发展，使一大批具有世界影响的大作家涌现，也与当时的政治环境有密切关系。民主主义思想反对农奴制和沙皇统治的激烈的阶级斗争，直接影响了作家和文学发展的方向。第二，不同时期的政治影响着文学的内容与风格。乱世与治世、政治清明与政治浊乱的区别，也会造成作品内容与风格的不同。一般说来，统治阶级处于上升时期，文学多为歌颂性的，而当它处于逐步没落时期，文学则多为揭露性的。初唐与盛唐时期，文学往往表现出积极进取、博大乐观的风格。经过"安史之乱"，到中唐、晚唐时期，文学则更多地反映了人民的不满和反抗，具有比较深刻地揭露现实的倾向，风格也转向怨怒、哀伤。第三，统治阶级的政策制度以及个人好恶，也影响到文学的繁荣或萧条。建安时期曹操为一代文坛领袖，"昼携壮士破坚阵，夜接词人赋华屋"，他十分推崇文学。因此当时的优秀诗人几乎都集中在北方，形成了文学史上著名的"建安风骨"。相反，明清时代文禁森严，统治者大搞"文字狱"，很多文人为避祸而去搞学术研究，文学的发展受到很大干扰。

社会经济结构对文学的影响与制约作用，表现在文学适应着经济结构的要求而产生，并随着经济结构的改变而改变。在中世纪后期的欧洲，由于科学技术的发展解放了生产力，欧洲封建社会开始解体，资本主义生产方式正在形成，于是从 14 世纪到 16 世纪，欧洲文艺复兴时期的人文主义文学就应运而生了。以拉伯雷、薄伽丘、塞万提斯和莎士比亚为代表的一批作家，在作品中宣扬新的生活理想和人道主义世界观，反对封建贵族阶级和宗教的"神道"。他们代表着崛起中的新的经济结构的要求和新兴阶级的利益，从内容到形式都对中世纪文学进行了深刻变革。经济结构的变革和发展，必然导致文学或慢或快地发生变革。文学内容和形式的发展，在一定程度上取决于社会经济结构的性质、要求和制约作用。

（2）文学与普遍社会价值观念的变化

普遍社会价值观念意味着一定时期的时代精神与社会心态。文学作为表现人物的生态与心态的精神产品，总是投射着作者一定的价值观念，并受到社会普遍价值观念的影响与制约。在人类的蒙昧野蛮时代，具有幻想和原始信仰特征的神话形式，是当时普遍的崇拜神灵的社会心态产物。人类在进入了农业文明社会之后，生产力的进步和分工的扩大，奴隶制的兴起和文字符号的确立，极大地刺激和提高了人类的认识能力。此时，神话的心态逐渐变为现实经验的心态和以实践理性为特征的价值观。这引起了古代人对原始神话遗产的某种怀疑，从而对神话做出了历史化的解释和再创造。在《荷马史诗》中，神话与历史因素汇合，诸神性格不仅被世俗化、社会化，而且还与新近历史中的事件、人物发生纠葛。在中国，将神话化为历史传说的例子屡见不鲜，黄帝、尧、舜、禹等在远古神话中都是人兽同体的天神，但写进史书中就往往变成了华夏族的祖先和禅让帝位的历史人物。从神到人，从幻想到历史，小说逐渐从神话中衍生出来，成为记叙故事的文学样式，这代表着经验理性的觉醒和理性价值观的确立。小说的出现，是由社会心态向文明的转变而引起的，与人们的思想观念从神话幻想提升到现实理性相关联。

（3）文学与各种文化活动的变化

文学是一种特殊的审美文化，它与社会其他文化活动如哲学、道德、宗教等存在着互相影响的关系。哲学、道德、宗教等精神文化领域的演变与发展，往往对文学产生着重大作用。

哲学思想与文学思想有密切的联系，前者往往是后者的基础。如 17 世纪古典主义文学与笛卡儿的唯理论，18 世纪启蒙主义文学与洛克、狄德罗的唯物主义哲学，19 世纪浪漫主义与空想社会主义，德国古典哲学、批判现实主义与黑格尔的辩证法、费尔巴哈的人本主义唯物论，20 世纪现代派文学与非理性主义哲学、社会主义现实主义文学与马克思主义哲学，它们之间的对应关系和互渗作用表明，文学创作总是受到一定时期哲学思想的影响，作家的思想和创作方法总是被某种世界观所制约。同时，哲学思潮的变化对文学有重大影响，前者常常是后者的先导。

　　道德调节人与人之间的关系，是人们在共同的社会生活中所遵循的行为规范。以描写人为中心、以社会生活为展现对象的文学作品不得不反映一定的道德内涵，不得不体现作者一定的道德意识与理想。道德观念的历史性变化会促进文学内容的相应改变。在封建社会文学中，不少以爱情为题材的作品往往在不同程度上表现出对男尊女卑、父母之命、媒妁之言等正统道德观念的肯定意识；而在现代爱情题材的作品中，男女平等、自由恋爱的婚姻方式和道德观则占据了主流。

　　在原始社会，文学因素与宗教因素是混为一体的。神话既是原始人的文学创作，又表现了他们敬畏和信仰的原始宗教。进入文明社会后，文学与宗教才开始分化，社会的宗教状况对文学有较大影响。欧洲中世纪文学，在宗教世界观的支配下成为神学的奴婢，宗教题材和宗教主题构成了影响文学创作的主潮。此外，宗教对文学形式也有一定影响。流行于魏晋到隋唐时期的变文，原是寺院僧侣向听众做通俗佛教宣传的文体，它通过讲一段唱一段的形式来传播佛经中的神变故事。后来民间艺人也采用变文的形式讲唱故事，变文成为当时说唱文学、通俗文学的一种重要形式，并为以后发展起来的话本、词话、戏曲等文学形式提供了借鉴的基础。

　　（4）社会发展与新的文学观念的形成

　　在上述诸因素的影响下，文学观念也随着社会与时代的发展而产生了新的变化，即文学的发展必须经过作家主体条件及其变化这一必不可缺的中介环节。也就是说，作家虽不是文学发展的最终根源，却是它的直接推动者，必须先引起作家主体条件的变化才能转而促进文学的发展。作家主体条件的核心内涵之一就是他的文学观念。

　　以西方现代派文学为例，它的兴起无疑是西方社会现代发展的结果。经历了世界大战浩劫的西方社会，出现了对传统理性秩序和价值观念的普遍怀疑。各种社会矛盾的激化造成了广泛而又深刻的危机，物质文明的膨胀在一定程度上引发了精神世界的空虚感和不平衡。这种社会状况推动了传统现实主义文学潮流向现代派文学的转变，并形成了它在主题内容上的特征，即揭示人与自然、人与社会、人与人、人与自我关系的全面扭曲和异化。然而，这种文学的演变过程并不是离开作家主体条件的变化而自动完成的。相反，它是借助于作家对新的文学观念的提倡、探索和艺术实践才得以实现的，是通过作家价值观与文学观的变更才具有现实可能性。首先，伴随着社会生活从前工业时代向后工业时代的过渡，作家的文学观念也在一定程度上突破了传统的理性模式，表现出非理性和反传统的倾向，并逐渐形成艺术上重主观表现、重艺术想象和重形式创新的文学观。其次，作家文学观念的变化反映在文学上，便促使一系列新的文学现象的产生。如情节因果性链条的淡化和断裂，人物潜意识层面的开掘和意识的不规则流动，语言的突破语法和形象的扑朔迷离，主题的象征暗示和多义性、不确定性，凭借直觉、幻觉和梦，缺乏常识推理关系的自由联想，打碎现实逻辑秩序、依据心理时空的结构方式，等等。总之，社会发展通过旧文学观念的变化与新文学观的形成来影响文学的发展，也是其固有的重要影响机制之一。

（二）文学发展与社会发展的不平衡现象

1. 文学发展与社会发展的平衡与不平衡

文学发展以社会发展为前提，而社会发展又是以生产力和经济的发展为基础的。根据马克思关于经济基础与上层建筑关系的原理，经济基础是与一定生产力相适应的生产关系的总和，包括文学艺术在内的意识形态则是建立在经济基础之上的上层建筑，上层建筑最终受经济基础的制约。因此，文学发展归根到底要受到物质生活生产方式的制约，它是在一定的社会经济基础之上产生的，并反映经济基础的性质与变化。也就是说，物质生产制约着精神生产、艺术生产和文学生产。

然而，马克思又提出了物质生产与艺术生产不平衡关系的理论。所谓"不平衡关系"，就是说艺术的繁荣与发展，并非总是与社会的一般发展、与物质生产的一般发展相一致。两者之间并不总是按比例增长，物质生产相对落后与艺术生产相对发达的情况在文学史上时有发生。马克思认为："关于艺术，大家知道，它的一定的繁盛时期绝不是同社会的一般发展成比例的，因而也绝不是同仿佛是社会组织的骨骼的物质基础的一般发展成比例的。在艺术本身的领域内，某些有重大意义的艺术形式只有在艺术发展的不发达阶段上才是可能的。如果说在艺术本身的领域内部的不同艺术种类的关系中有这种情形，那么，在整个艺术领域同社会一般发展的关系上有这种情形，就不足为奇了。困难只在于对这些矛盾做一般的表述。一旦它们的特殊性被确定了，它们也就被解释明白了"。

一方面艺术发展以经济发展为基础，另一方面艺术生产与物质生产又存在着不平衡关系，这看起来似乎互相矛盾。解释这种情形的关键在于理解"特殊性"，即要对一个时代文学发展所依赖的经济条件以及其他方面的社会历史条件的特殊性做出具体的分析。

2. 物质生产与艺术生产之间不平衡的表现形态

物质生产与艺术生产之间的不平衡关系有两种表现形态。

第一，从艺术形式来看，某种艺术形式的巨大成就，只可能出现在社会发展的特定阶段上。随着生产的发展，这种艺术形式反而会停滞或者衰落。例如，古希腊神话是神话发展的高峰，它只可能出现在人类的童年时代和社会生产不发达的阶段。当生产力和物质基础进一步发展时，神话这种在历史上具有重大意义的艺术形式，不仅没有进一步繁荣，反而衰落下去以至于最终消失了。在现代人看来，古希腊神话成为难以企及和不可重复的艺术精品。这就是神话这一具体艺术形式的发展与物质生产的发展、社会的一般发展之间的不平衡现象。这是因为神话的创造依赖于以超现实的想象认识世界的思维方式，这种思维方式只有在生产不发达、人们的认识水平尚停留在蒙昧阶段时才能成为社会的主流。在今天，经验理性的思维方式已成为现代人的标志，现代人虽然可以运用超现实的想象方式进行文学创作，却已经无法彻底返回到原始思维与神话思维了。因而这样的文学作品只能是仿效现代神话或亚太神话，在神话素质与信以为真的程度上都不能与古希腊神话、原始神话相匹敌，尤其是现代神话再也不可能成为渗透、支配一切艺术的主流产品。同样道理，今人写格律诗，其成就无法超越唐诗。因为一个时代有它特有的艺术形式，一个时代文学领域内各种艺术形式的比例与主次关系是随着社会的发展而调整、改变的。

第二，从整个艺术领域来看，文学的高度发展有时不是出现在社会经济繁荣时期，而是出现在经济比较落后的时期。例如，18 世纪的德国与当时的英国和法国相比，德国在政治和经济上都比较落后，但是德国在文学方面却得到了很大发展，产生了像莱辛、歌德与席勒这样的代表 18 世纪文学最高水准的伟大作家。而当时的欧洲文学是以德国的"狂飙突进运动"为代表的时代。造成这种不平衡现象出现的深层原因是文学的繁荣和发展不仅要受到经济发展的制约，而且还要受到政治、哲学、宗教、道德、时代风尚和文学传统、文化交流等多种因素的影响。也就是说，文学的发展并不是由单一因素决定的，而是多种因素系统"合力"的结果。具体地说，18 世纪德国文学繁荣的主要原因有以下几点：首先，当时德国政治的黑暗与制度的腐败，激起了人民反抗现实的叛逆精神，造就了以莱辛、席勒和歌德为代表的反抗封建专制、追求自由民主理想的一代诗人和作家。他们掀起狂飙突进运动，使德国古典文学和民族文学得到了很大发展。其次，当时德国资产阶级没有政治地位，还不具备资产阶级革命的条件，这一阶级的进步知识分子都在文化领域里求发展，从而为文学繁荣提供了丰富的人才资源。最后，外来文化与文学的交流、借鉴，也是促进德国文学发展的一个重要因素。德国文学的狂飙突进运动是在当时法国和英国先进的启蒙主义思潮影响下发动的，同时又给予法国和英国文学以巨大影响。

总之，从总的发展趋势来看，物质生产与艺术生产是平衡的，经济因素是制约文学发展的根本原因。但在特定的历史阶段内，两者关系既有平衡的一面，也有不平衡的一面，因为文学的发展有其相对独立性和自身的规律。

三、文学自身发展状况

(一) 文学的自觉

1. 从不自觉到自觉

文学的自觉首先表现在文学观念的形成和发展上。文学观念是对文学自身的认识，是关于文学内质和文学活动的理论反思。文学观念的出现标志着文学从不自觉走向自觉，从无意创作过渡到有意创作。也就是说，人们力图用文学观念去说明和解释文学，去影响或指导创作。因此，文学观念体现了文学的自觉意识，是文学自我反思的产物。

文学创作与文学观念具有伴生性。文学产生之后，人们就企图对文学现象做出解释。最初的文学观念是和神话联系在一起的，它既是神话的一部分，又是神话的文学观。神话的文学观念虽不是对现实经验的认识或解释，却无疑表明了一种对文艺自觉反思的意向。

随着社会的发展，神话的文学观念逐渐被作为文化的文学观念所代替。文学被视为文化现象，文学的文化功能被强调，但在很大程度上却混淆了文学与文化。在先秦的典籍和诸子的一些学术著作中，开始出现了"文学""文""言辞"等概念。但这一时期所谓的"文学"，含义还很广泛，它实际上是一切文化学术的总称，泛指所有运用书面语言写作的典籍，既包括诗歌、文学性散文，也涵盖了哲学、政治、历史等著作。当时的文学观念对诗歌给予了一定的重视，如《尚书·尧典》中的"诗言志"说，孔子的"兴、观、群、怨"说，《诗大序》的诗的"六义"说（即风、雅、颂、赋、比、兴）等。它们或强调诗歌的文化功能与社会作用，或涉及诗歌的分类与表现方法问题，但对于诗歌之外的文学性散文仍缺少充分关注，对文学的审美特质未予足够认识。总的来说，在魏晋之前，广义的文学即文化的文学观念占据了主导地位。

魏晋时代是文学观念的一个重要的分水岭。鲁迅曾指出，"汉末魏初这个时代是很重要的时代，在文学方面发生重大的变化……用近代的文学眼光看来，曹丕的这个时代可说是'文学的自觉时代'，或如近代所说是为艺术而艺术的一派"。

鲁迅说的"文学的自觉"，指的是文学观念的自觉，是文学从以往的广义的文学观（即文化的文学观）历史性地转变为狭义的文学观（即审美的文学观）。

文学被赋予相对于文化而言的特殊审美性、艺术性，文学从置身其中的文化大家庭中分离出来，获得了独立发展的地位。也就是说，文学开始作为文学而存在，这是文学观念的一大进步。

曹丕作为文学自觉时代的代表人物，在《典论·论文》中提出了"盖文章，经国之大业，不朽之盛事"，他把文章（即文学，主要指诗歌和文学性散文）的地位和作用提高到了前所未有的高度来认识。"文以气为主"则强调作家的创作个性的重要性，更重要的是这一观点涉及了文学体裁的区分与特点问题，认为"夫文本同而末异，盖奏议宜雅，书论宜理，铭诔尚实，诗赋欲丽"，进一步把诗赋的语言形式美提到了首位。在魏晋南北朝时期，陆机的《文赋》、刘勰的《文心雕龙》、钟嵘的《诗品》等将曹丕开创的文学观念的自觉进一步推向高潮，文学的审美特性成为普遍的共识。

对文学审美特性认识的深入有利于对文学形式的探求与文体艺术理论的发展。从隋唐至晚清的一千多年间，诗歌、散文、小说、戏剧都先后进入到成熟发展时期，所谓唐诗、唐宋散文、宋词、元曲、明清小说和戏剧等简扼提法本身，就反映了各种文学体裁兴盛的脉络。同时，关于不同文学体裁审美特点的文学观念和理论也相互发展起来。唐宋时期，古典诗词和散文获得重大成就，诗歌与散文理论也极为繁荣。明清时期，关于小说、戏剧的文学自觉意识也逐渐发展起来。这些小说、戏剧理论，都从审美的文学观念出发，探讨具体文学体裁的艺术特性，这体现了文学形式观念的自觉。

2. 文学发展中的历史继承性

文学发展有它必然的历史继承性。任何时代的文学都不是凭空产生的，而是从历史流传下来的文学遗产中汲取思想和艺术的养分，并受到业已形成的文学惯例和传统的影响，这就是文学的继承性。如果割断文学本身的前后继承关系，而创造新一代文学不仅不会实现，而且还会导致文学的停滞或退化。

文学发展的继承性表现在作品的思想内容上。我国许多古典名著如《三国演义》《水浒传》《西游记》等，都是经过长期在民间流传、酝酿，在凝聚了无数民间艺人和作者不断付出的巨大劳动后，最后由一人写定传世的。其题材内容的继承性表现得十分显著。以《西游记》为例，从《西游记》故事的产生、流传和演变，到吴承恩最后加工写定，围绕着同一题材的文学创作代代相承，经历了约九百年的漫长岁月。《西游记》的成书过程可以划分为五个阶段，即历史故事阶段、佛教文学和民间传说阶段、平话阶段、戏曲阶段和长篇小说阶段。吴承恩根据《西游记平话》，吸收大量的民间传说和故事、神话，还参考了杂剧，在继承前人的基础上加入了自己的创造，从而写成了被称为明代四大奇书之一的《西游记》。

文学的继承性在艺术形式上表现得更为突出。文学体裁一旦形成，就具有了自己发展的独立性和相对的恒定性。后人对体裁样式的革新和创造，在不违背体裁本身质的规定性的前提下，必须继承业已形成的文学惯例进行。我国的小说体裁，经过了远古神话传说、六朝志怪小说、唐传奇、宋元话本、明清章回体小说、现代小说这样一个历史的发展过程。每个阶段的体裁特点虽然都有所变化，但最根本的一点，即小说作为叙事样式的故事性、情节性特征，却是一脉相承的。文学语言的继承性更是如此。每个作家都无法选择他自小生长的语言环境，他们都是自然而然地接受既成的语言系统和语言规范。作家所运用的文学语言，既不可能脱离民族语言的大系统，又在一定程度上是前人作品中语言熏陶和训练的结果。

3. 文学发展中的革新与创造

文学的继承并不是对古人的一味模仿，也不是对文学遗产和传统的抄袭与照搬，而是需要在继承的同时勇于革新和创造。社会生活的发展，为文学创作提供了新的内容，也提出了新的要求。文学要适应新的时代需要和反映对象的变化，单靠对原有文学遗产的继承是不够的，还需要在文学的既成基础上进行革新和创造，以产生异于前人和超越前人的作品，这就是文学的革新性。文学的革新和创造，与文学的历史继承性一样，也是文学发展的基本特点。

从作家的创作情况来看，他们要有超越前人的成就，除了善于继承前人的文学经验之外，还必须勇于拓展和革新前人的经验，进行新的创作。曹雪芹创作的《红楼梦》之所以成为古典文学的瑰宝，不仅与作者借鉴历代诗歌、散文、戏剧以及明清以来描绘社会、家庭生活的"人情小说"的成就有关，这更是他革新文学传统和发挥个人独创性的产物。

文学的发展离不开继承，同样也离不开革新。真正的继承包含着部分的革新因素，而革新在摆脱文学传统的束缚时在一定程度上又总与传统保持着血缘的继承关系。同时，文学传统并不是凝固不变的，历史上的创造成为今天的传统，今天的创造在传统中注入新的因素和生命力，又将成为明天的传统。文学的继承与革新就是这样既互相渗透又互相转化的。

4. 文学发展中对其他民族文学的借鉴和吸收

文学的发展不仅取决于对本民族文学遗产的继承与革新，而且还受制于对其他民族文学的借鉴和吸取。这就是说，各民族文学之间的相互影响和相互促进，是中外文学发展史上的客观事实，也是文学的自觉意识之一。这包含着两层意思：其一，在一个多民族组成的国家里，各民族文学必然相互影响、相互促进；其二，在世界范围内，不同国家、不同民族文学之间的相互交流，也是促进文学发展不可或缺的重要条件。各民族的文学是其民族特定的社会生活和心理结构相互交融的产物，它一经形成，就具有自己的继承关系和独特的历史传统；同时，它又成为人类共有的精神财富，必然趋向于与其他民族文学的交流，并在一个更大的超民族文学系统中获得自身的演变和发展。

各民族文学之间的相互影响，对于各自文学的发展具有重要作用。其相互影响与相互促进的交流机制主要有以下三方面的内容：

首先，各民族文学的相互交流并不是孤立发生的，它总是与各民族政治、经济交流同时出现或在其之后。而地域、语言上的接近，则有助于文学相互交流的产生和扩大。在古代，欧洲各国之间在政治和经济上的交往比较密切，所以文学上的交流也比较频繁和深入，各国文学有着较多的共同性和影响渊源。而欧亚大陆的民族之间，因为政治、经济的关系疏远，文学上的联系就不十分显著。至于欧、亚两洲与南北美洲，在新大陆发现之前，由于政治、经济的彼此隔绝，文学上也毫无交流可言。这也表明，在一定的历史条件下，地理与语言因素的接近对于文学交流是非常重要的，因为这些因素同时也制约着民族之间政治与经济上的联系。

其次，不同国家和民族之间的社会关系愈是相似，它们的文学愈能相互影响。大致相同的历史发展阶段，相类似的社会矛盾和社会问题，都会强化不同民族间的文学共鸣，产生交互作用。欧洲文艺复兴时期，英国、法国、德国、西班牙等国都处于资本主义的萌芽状态，都产生了人文主义的思潮。于是，这些国家的文学不但表现出共同的倾向和特点，并且还产生了广泛的交流和互动，从而融会成一股新的文学潮流。我国"五四"新文学之所以受到国外进步文学的影响，是因为外国文学中表现的革命民主主义思想适应了我国民主主义革命阶段文学发展的内在要求。所以，不同民族所经历的历史阶段和所碰到的社会矛盾存在着相似性。

最后，不同民族文学之间的相互影响，并不总是表现为对等的作用关系，也就是说，由于所处的历史发展阶段不同，一个民族对其他民族文学的影响往往比自己受到对方的影响要大些。然而，只要不同民族文学交流的事实存在，一般就会表现为一种双向的对逆运动，即两个民族都会在一定程度上转变原有的文学传统，向对方的文学成就学习和靠拢，由此产生民族文学交融后的新质和新的生命力，推动本民族文学的变革和发展。在唐代，由于我国封建社会处于鼎盛时期和文学的空前繁荣，我国文学对日本文学的影响就要比日本文学对我国文学的影响大得多。在近现代，东西方文学的交流是最重要的世界文学现象，美国的庞德、爱尔兰的乔伊斯、法国的马尔罗、德国的布莱希特等作家都明显地受到东方文学的影响，但是西方文学对东方文学的作用更大。以人文主义文学思潮为基础的西方工业时代的文学对东方封建的农业文明文学造成的冲击，促进了东方旧的古典文学的变化和新的现代文学的诞生。东西方文学相互影响中的不平衡现象是由于社会发展的不同步造成的，同时，这种交流趋势仍然是相互借鉴、相互吸取的双向对逆运动。拉美文学汲取了西方现实主义和现代主义的营养而产生出魔幻现实主义，反过来，魔幻现实主义又因被称为继现代主义之后的后现代小说而给西方文学带来巨大震动和影响。因此各民族文学、东西方文学互相作用的不平衡只具有相对的意义，并不意味着单向的流动和始终如一的不平衡。

（二）文学体裁的形成与发展

1. 诗歌、散文、小说、剧本的形成

诗歌是最早出现的一种文学体裁。梁代沈约说："然则歌咏所兴，宜自《生民》始也。"诗歌在产生的初期是同音乐、舞蹈结合为一体的。《毛诗序》中说："诗者，志之所之也，在心为志，发言为诗。情动于中而形于言，言之不足故嗟叹之，嗟叹之不足故永歌之，永歌之不足，不知手之舞之，足之蹈之也。"这说明早期诗歌与音乐、舞蹈有着密切的关系，都是人们情感激动的产物。

我国是诗歌（尤其是抒情诗）创作十分发达的国家。自从先秦时期产生第一部诗歌总集《诗经》以来的两千多年中，诗歌的艺术形式获得了极大发展。其中一个重大的演变就是从古代的格律诗过渡到现代的自由体诗。格律诗是指诗的节、行、字（或音步）数目以及声调和用韵都有严格规定的诗体。我国古代的律诗、词、曲，欧洲的十四行诗等都属于格律诗。格律诗是人们在诗歌创作中对这一体裁的形式特点的认识日益丰富的基础上，通过许多代的探索而成熟、定型的，因而中外的格律诗一般都具有和谐统一、寓变化于严整的特点，代表了古典诗歌形式的最高成就。但由于严格的格律形式限制了创作，不仅使很多东西难以表现，而且有限的格律也易于导致风格的雷同，因而在近代就出现了不按照传统要求写作的自由体诗。我国"五四"以来的新诗就是挣脱传统格律诗束缚的自由体诗，它受到外国近代诗体的较大影响。总之，诗歌是一种高度凝练、充满情感与想象、结构跳跃、富有节奏和韵律之美的文学体裁。

散文这一概念，在不同历史时期有不同的含义。在我国古代，为区别于韵文、骈文，凡不押韵、不重排偶的散体文章均称散文。随着文学从广义的文章中独立出来，散文又泛指除诗歌之外的所有文学体裁，如小说、寓言、游记、传记文学等。"五四"以来的现代散文概念，则专指与诗歌、小说、剧本并列

的一种文学体裁。散文的界限至今仍然存在一定的模糊性。它可以包括诗歌、小说、剧本无法容纳的许多文学样式，如小品文、杂文、随笔、札记、游记、书信、传记、回忆录、报告文学等，但前提是这些作品必须具有文学审美的特性。也就是说，散文这一体裁是指文学性散文。总之，散文是一种题材广泛、结构灵活、注重表现作者生活感受和特殊境遇、语言具有审美性的一种文学体裁。

小说起源于神话。它从神话中继承了两个最重要的元素，即叙事性与虚构性。小说虽然源于远古神话，但作为文学体裁却成熟得较晚。也就是说，小说的形成有一个漫长的演进过程。

从我国小说发展的历史看，小说经历了从神话传说到六朝志怪小说、唐代传奇、宋元话本、明清章回体小说、"五四"以来的现代小说这样一个漫长的发展过程。西方小说历史的发展，按加拿大学者弗莱的说法，则经历了神话、传奇、高级模拟（现实主义小说）、低级模拟（自然主义小说）、反讽（现代派小说）五个演变阶段，而且反讽小说又具有返归神话的倾向。然而，无论小说的概念怎么变，小说的具体形态如何不同，作为小说本体特征的叙事功能（故事性、情节性）和虚构特性却是一以贯之的。一般认为，小说具有人物、情节、环境三大要素。小说是一种侧重刻画人物性格、叙述故事情节、描写社会生活环境的具有虚构性的文学体裁。

剧本指供演出或拍摄用的戏剧、电影、电视的文学底本，是戏剧艺术和影视艺术的一个重要组成部分。戏剧起源于原始宗教的祭祀仪式。英国剑桥学派的学者认为，莎士比亚的戏剧来源于古希腊的戏剧，而构成古希腊戏剧基础的是原始的祭祀仪式。同样，我国的戏剧也来源于远古的祭祀歌舞和仪式活动。巫女们穿上神衣，装扮神的模样和动作，口中念念有词，翩翩起舞，这就是戏剧的萌芽。从春秋战国到汉代，在娱神歌舞中产生了一个新的社会行业即俳优，他们讲笑话，装扮各种人物、动物，做出各种引人发笑的动作。从魏晋到唐代，俳优从简单演唱发展到表演故事，这就是"参军戏"。戏剧发展到一定阶段，就有了供舞台演出的剧本。宋、元时期的南戏已经有了"戏文"。中国传统的戏文是歌唱、音乐、舞蹈相结合的戏曲的剧本。现代戏剧主要是话剧，是"五四"前后从欧洲传入的。电影诞生初期的无声片一般没有剧本，有声片的出现激发了电影剧本的发展。从戏剧、电影、电视剧本的一般特点中，可以归纳出剧本是一种以人物台词为主要手段、事件与场景较为集中、具有一定的戏剧冲突的文学体裁。

上述文学体裁的分类是相对的。也就是说，不同体裁之间没有一条绝对的鸿沟，它们之间的互渗、杂交和边界模糊是文学史上常见的现象。例如，中国古代的话本小说开题、中间与结尾往往有评述的诗词，古典名著《红楼梦》《西游记》《水浒传》《三国演义》等都容纳了大量的诗词。诗词和散曲构成了元代杂剧的主体部分，这是诗歌向小说、剧本的渗透与介入。不同文学体裁之间的相互联系和影响，进而酝酿出边缘性的新体裁，如散文诗、诗化小说、诗剧等。

2. 当代文学体裁的变异

在当代，后现代主义的著名口号是"怎么都行"。落实在写作上，就成为对体裁的确定性、惯例性的质疑和对反体裁、无体裁写作的提倡。

在我国 19 世纪 80 年代末兴起的先锋小说就进行了无体裁写作的实验。先锋小说家立志走一条文学形式彻底创新之路，其动力与焦虑之一便是如何摆脱前辈作家的影响，如何切断与传统文学之间可以辨识的联系。文学传统最为稳固的因素是体裁的划分及各自规定的惯例，于是颠覆体裁、取消体裁、模糊不同体裁之间的边界成了克服影响焦虑的捷径。先锋小说家的无体裁写作有两种形式。其一是多语体或杂语体小说，如孙甘露的《访问梦境》《信使之函》是诗歌、小说、散文、哲学、谜语、寓言等文体因素的混合物。但小说在侵占其他体裁领域的同时，也瓦解着自身的特质与潜力，在某种程度上成为写作边界消失后的语言游戏。其二是自反小说或元小说，即以"小说性"作为主题，以正处于创作、虚构与叙述活动中的小说家作为主角，把叙述的形式、技巧当作题材内容，从而使小说具有自我反观性和自相缠绕性。格非的《褐色鸟群》和孙甘露的《请女人猜谜》就是这类实验的范本。他们将小说的虚构过程、俗例与结构展示给读者看，以故事的方式表达自己的小说观与艺术趣味，从某种意义上说这也是一种反体裁的举动，因为它在一定程度上侵入了小说理论的地盘。从动机上看两者则更为相似，膨胀边界的无体裁写作与紧缩边界的自反小说都根源于证明传统文学体裁范式影响"不在场"的渴望。总之，无体裁写作从根本上说也是不同体裁之间相互影响、渗透的结果。

第二节 汉语言文学经典作品的新思考

经典是民族文化和知识的结晶，是人类在认识世界、改变世界的过程中积累的智慧沉淀，它承载着人类最基本的价值观念和文化取向。它不仅是哺育一个民族的精神源泉，也是个人安身立命的典籍。然而，随着新媒体的迅速发展，时代潮流正逐渐趋于功利化、视觉化以及娱乐化，越来越多的人开始远离经典。在现代汉语言文学的发展探索中，该如何根据人们的欣赏趣味和学习方式的新变化，调整思路、改变方法，以激发当代人对经典作品的兴趣，通过经典作品及其所承载的价值重构当代人的精神世界，已成为汉语言文学传播者急需解决的一大难题。

新媒体视域下经典作品传播的新思路

当今时代，不仅是一个功利化、实用化的年代，还是一个媒介化、视觉化的年代。在这样的时代中，汉语言文学的传播者更应该大胆革新、善于包装、善于调味，使经典作品变得"有用"及"有趣"。

（一）关注古代经典作品的当代性与应用性

经典之所以成为经典，是因为它具有内在的"真理要求"，具有超时间、跨地域的永恒价值。其生命力在于持续不断地引起当下读者阅读的兴趣，并对当下情境中的读者持续发挥作用。

因此，汉语言文学传播者在向他人讲授这些经典作品时，除了要关注其所蕴含的优秀的人文思想、进步的审美观、表情达意的方式方法、语言运用的特色外，更要研究其当代性，包括文化的当代性、道德的当代性、情感的当代性、审美的当代性等。按照时代已经变化的精神、心理、人情风俗来理解经典、认识经典，对经典进行继承和创新。只有这样，经典的精神财富才能永恒与不朽，当代人才能继续对经典充满信心，经典才能成为当代人生命的源泉。

不仅如此，对于经典的解读，还需要贯彻古为今用的原则，关注其与当下现实生活之间的内在关联以及对当代人工作、学习、生活、处事等方面的启示意义，这样才更能引起人们的强烈共鸣，调动其兴趣。例如，通过对杜甫《又呈吴郎》中诗人"堂前扑枣任西邻""只缘恐惧转须亲"等行为的解读，不仅让学生学习杜甫"仁者爱人"的伟大精神，还要让学生学习其如何在维护弱势群体自尊的前提下对他们进行帮助的高尚行为。而"即防远客虽多事，便插疏篱却甚真"中所蕴含的委婉含蓄的劝说艺术，对当代人在工作、学习、生活中的语言表达又具有重要的借鉴意义。

（二）依托现代教育技术，优化经典作品的传播效果

现如今的"90后""00后"，甚至是"10后"，都是随着新媒体的发展一同成长起来的。作为"屏幕人"或"网络人"，游戏化、图像化的世界，轻松、有趣的表达方式，热门的网络语言是他们熟悉和热衷的，冗长的文本、枯燥的语言

往往令其望而生畏、兴趣索然，甚至拒之门外。面对新时代的"新新人类"，传统的"一张嘴、一本书、一支粉笔、一块黑板"的教学方式已无法引起他们的学习兴趣。这就要求教师针对当代年轻人的学习、接受习惯与时俱进，依托现代教育技术，不断地优化汉语言文学的传播方法。例如，现代教育技术中的多媒体课件，能将文本、图形、动画、音乐、声音、图像、视频有机融为一体，这更切合在新媒介环境中成长起来的大学生的接受习惯。如果精心制作的话，能够极大地激发学生的学习兴趣，达到事半功倍的教学效果。在讲解古典诗文时，美丽的画面配上合适的音乐，不仅能有效地展现诗歌所蕴含的意境氛围，而且会对学生的视觉感官和听觉感官产生强烈的冲击，使学生在婉转美妙的音乐中体会作品的文字之美、意境之美。在讲解古代小说戏曲时，选取影视中重点片段，让学生与原著进行对照，不仅可以加深学生对作品的理解，还能够提高学生研读作品的兴趣。如《聊斋志异·婴宁》一文，尽管这是一篇文字优美、故事生动的小说，但由于在语言文字方面的障碍，在阅读文本感知人物形象时，依然有不少学生因为没有读懂课文内容而茫然无知。通过对电影《婴宁》中王子服遇婴宁、寻婴宁以及婴宁严惩西邻子等片段的播放，学生很容易就能把握婴宁天真活泼、憨态可掬、聪慧狡黠的未经人世浸染的自然本性，进而了解这种天性随着婴宁走出山谷投入人类社会、由自然人变成社会人、为顺应社会礼法而逐渐消失的过程，从而感受到作者对人间真情的赞颂、向往及对封建礼教压抑、摧残人性的痛心。

虽然多媒体教学比传统课堂教学更加丰富多彩，信息量更大，更能有效激发人们的探索兴趣，优化传播效果，但在经典作品的传播中，过多地使用多媒体，尤其是声音、画面等直观手段，也容易使人们的思考力、想象力受到限制。因此，在经典作品传播的过程中，传播者必须避免对多媒体的盲目依赖，做到适时、适度、适当地运用。多媒体只是其中一种辅助手段，传播者应与传统手段和个人特色有机结合、优势互补，充分发挥经典作品传播的综合效应。

（三）建立开放性理念，充分发挥学生的学习主体性

开放性是新媒体的一个重要特征。在媒介环境下，汉语言文学的传播也需要建立起一种开放的传播理念。传统的汉语言文学传播方式只能依赖课堂，以传授知识为导向。但现在，只要有一部智能手机，百度一下就能搜索到需要的知识，几乎所有的问题都能通过网络找到相应的答案。当前，智能手机几乎普及。在这种情况下，与其故步自封，不如顺势而为，在延续传统的汉语言文学课堂传播方式的同时，将教师讲授与学生自主学习相结合，引导人们去关注网络中丰富的汉语言文学信息。

另外，汉语言文学的传播不应该再局限于传统课堂里。近年来，随着信息与

通信技术的迅猛发展，微课、慕课备受瞩目，尤其是微课，短小精悍，符合当代年轻人时间碎片化、难以进行长时间学习的特点。汉语言文学传播者应该积极把握和运用网络新媒体技术，通过 QQ、微博、微信等新媒体提供的各种新颖、活泼的交流方式，交流资料、探讨问题，构建网络学习共同体，从而丰富汉语言文学的传播内容。

（四）运用故事化、娱乐化的文学语言，迎合当代年轻人的欣赏趣味

随着新媒体技术的迅速发展，在媒介化、视觉化时代中成长起来的"90后"年轻人和"00后"大学生在接受信息时，大都会避开难懂、难接近的东西，选择快速、易懂的知识信息。浙江工商大学曾对杭州 16 所高校学生的阅读状况进行调研，发现 78％的学生认为阅读经典很重要和比较重要，但他们的阅读率并不高，其中语言晦涩难懂、内容与时代脱节是大学生拒绝阅读的主要原因。相反，当代年轻人对那些以经典为蓝本，运用改写、反讽、戏谑、调侃等手段进行"去经典化"的节目或作品却十分热衷。这也说明当代年轻人并非不喜欢汉语言文学经典，只是他们更愿意在轻松、娱乐的情境下接受经典。在当前这样一个"娱乐至上"的社会语境下，一切都难逃被娱乐的命运，包括汉语言文学。因此，当代的汉语言文学传播者要秉承兴趣原则与亲近原则，使文学语言故事化、戏谑化、娱乐化、化重为轻、化难为易、化艰深晦涩为网络流行，贴近当代人的生活，使人们在愉悦的状态中完成对经典作品的解读。

中国汉语言文学经典作品是传承优秀传统文化，对当代年轻人进行人格塑造、陶冶情操、净化心灵、审美教育的重要载体。学习经典不仅关乎当代年轻人个体的成长，更关乎整个中华民族的未来；而拒绝经典，受害的不仅是个人个体，更是我们的社会和民族。在新媒体视域下，只有在对当代年轻人的思维方式、欣赏趣味等深入研究的基础上，大胆改革教学形式和方法，主动适应年轻人的接受习惯，才能使当代年轻人热爱汉语言文学及其经典作品，传承文化、陶冶情操、提升人格、净化心灵。

第三节　汉语言文学发展的机遇与挑战

汉语言文学专业课程是中国语言文学类的专业传统课程，以其博大精深的思想、异彩纷呈的作品吸引着众多学者对其不断学习、深入探索。不过，随着网络

新媒体时代的到来，汉语言文学在学生中的吸引力出现了逐渐减少的趋势，甚至部分相关专业的学生连《离骚》《红楼梦》等经典作品都不能通读。在网络新媒体发达的时代，玄幻、推理、穿越类小说风靡一时，大众阅读呈浅易化、碎片化趋势。民众受网络媒体的影响，在日常生活甚至正常场合中频频使用此类网络语言，自谓紧随时代，却全然忽视了汉语言文学中的典重、素朴与优雅的一面。

汉语言文学作品要想发展，必须紧跟时代潮流，但在追求先进思想的同时，不可以舍弃汉语言文学中蕴含的中国传统的哲学思想、价值观念和美学理想。反观以往的汉语言文学作品，形式丰富、风格多样，既具理论性，又具实用性，充满了发展潜力与传播价值。在网络新媒体时代，要做好汉语言文学的传承和发展工作，必须坚定信念，积极响应国家号召，注重内容与手法的变化，主动适应和影响网络新媒体时代的文学风向。

一、汉语言文学传播者的价值定位

汉语言文学的传播者具有神圣的责任，他们知晓所肩负的历史使命，定位于民族文化、传统文学的传播，其中包括了汉语言文学专业的教师，又不仅限于教师。自古以来，中华儿女从不缺乏匡济天下的雄心壮志，孔子认为士人当"学而优则仕"，宋人张载更是提出"为天地立心，为生民立命，为往圣继绝学，为万世开太平。"此四句被冯友兰称作"横渠四句"。

随着社会的进步和全球化时代的到来，汉语言文学传播者更多的是承担社会教育功能。在这一点上，笔者认为，立志于钻研和发扬汉语言文学的学者应当有较高的觉悟，才能在纷杂的世界中坚持己道，做好汉语言文学的传播者。孟子所言："天将降大任于是人也，必先苦其心志，劳其筋骨，饿其体肤，空乏其身，行拂乱其所为，所以动心忍性，曾益其所不能。"

就现阶段的形势而言，汉语言文学的传播者在底层民众那里没有得到敬畏和尊重，同时也不具备经济上的优势地位，所以心理上的落差也是在所难免。相对于理工科专业的学者，文科专业的学者会更多地表达对自身清贫生活的哀叹，从而怀疑自身的价值与地位。这种现象的出现，恰恰是这些学者没有认识到自己在历史中的地位与价值，被普通民众朴素的价值取向所左右。中华传统文化及汉语言文学是中国特色社会主义的沃土，是社会主义核心价值的基础和源泉。因此，当一个人选择成为一名汉语言文学的传承者和传播者时，就代表他已经在理想和现实之间选择了崇高的理想。他应当有坚定的信仰，即传播传统文化与价值、培育人才、服务民族与社会，不能为现实的金钱与地位所困扰。

二、汉语言文学发展方法的革新

当下的问题是，汉语言文学的传播主要以教学为主，而相关专业的教师大多在强调对知识点的把握，而非对作品本身的理解，这导致学生对汉语言文学产生畏惧与厌烦情绪。实际上，汉语言文学博大精深，有诗、词、文、小说四大类型，内容丰富，主要涉及情、景、事、理四个方面。这其中更不乏优秀的文学作品，充分体现了古代士人阶层的品格精神，特别是屈原、杜甫、陆游等优秀作家的爱国精神等，这些恰恰是当下社会所缺乏的。进一步发扬和传播汉语言文学的优秀思想，正是应对这一现象的一剂良方。

在现代汉语的发展过程中，因为受到西方文艺思潮影响，部分学者否定汉语言文学中的诗教传统，认为此类作品并不是真正的文学。这种观点貌似有一定道理，却不尽然。

时至今日，汉语言文学的发展又与在网络媒体中所出现的种种热点事件息息相关，汉语言文学利用新媒体平台广泛传播，产生了巨大影响，这是传统的纸质媒介所不能相比的。继而，众多学者开始从各个角度来解构乡土社会，很多文章开始抒发对乡村社会道德滑坡的担忧，对农民群体精神荒芜的焦虑，而中国传统的儒家与佛教对乡土社会的影响大多是积极的。因此，现代汉语言文学不应回避这些热点，而应积极地参与讨论与思考，这样才能使学生对汉语言文学中的思想有更好的认识，才能让学生真正做到学以致用。

三、新媒体时代网络信息手段的运用

二十一世纪，社会节奏逐步加快，科技日新月异，网络新媒体对社会的冲击远大于唐代的印刷术，知识与信息获取的手段与途径更加多样，不再局限于传统的课堂教学。互联网的各类媒体可以提供大量的作品、教学视频，为学生了解汉语言文学提供了更多的平台。因此，汉语言文学的发展不应当回避网络媒体，而应把网络看作一个很好的机遇。但作为汉语言文学的学习者和传承者，如果学生不注重课堂教学，没有打好基础，反而容易淹没于互联网中，无法辨别知识的真伪。试举一例，目前学术界已经利用新出土的文献对通行本《老子》进行重新校勘，进而校正了流传千年的错误。可是我们在利用当下国内最流行的搜索引擎来搜索时，就会发现很多错误依然没有更正，而学生恰恰在学习过程中习惯使用此种搜索引擎，这样很容易被误导。如《老子》第八章中"上善若水，水善利万物而有争"一句,绝大多数网页中依然是"上善若水,水善利万物而不争"。若无专业训练,学生是无法去辨别区分的,这就更难正确理解其中的真正意义。实际上,教师完全可以利用好网络新媒体中的资料,使之成为很好的辅助教学手段。

在网络新媒体时代背景下,课堂与社会、文学与社会的距离变得很近。现代汉语言文学利用网络新媒体可以在社会中产生更加广泛而深远的影响力。传统电视媒体也积极利用自身优势,营造自身的网络平台。汉语言文学借助网络新媒体进一步发展,可以为社会源源不断地培养出汉语言文学的爱好者。

参考文献

[1] 白解红，王勇．网络词语的认知语义研究［M］．长沙：湖南师范大学出版社，2019.

[2] 高文苗，李林青，谢安琪．网络流行语对大学生价值观的影响及对策研究［M］．长春：吉林大学出版社，2020.

[3] 韩凝．网络语言传播与社会效应［M］．长春：吉林文史出版社，2019.

[4] 乐守红．中国传统文化传播与对外汉语教学［M］．长春：吉林人民出版社，2019.

[5] 李春雨．中国当代文化传播与汉语国际教育［M］．北京：文化艺术出版社，2019.

[6] 李蕾．现代媒介视域下的中国当代文学［M］．南昌：江西科学技术出版社，2018.

[7] 李临定．汉语基础语法［M］．北京：商务印书馆，2019.

[8] 付艳红．现代汉语言文学研究与探索［M］．延吉：延边大学出版社，2022.

[9] 刘钦荣，刘安军．汉语言文字理论与应用研究［M］．北京：中国社会出版社，2019.

[10] 刘旭东．现代汉语研究［M］．天津：天津科学技术出版社，2018.

[11] 马莹．对外汉语教学创新研究［M］．哈尔滨：哈尔滨工业大学出版社，2019.

[12] 潘伟斌，何林英，刘静．现代汉语言文学研究的多维视角探索［M］．长春：吉林大学出版社，2019.

[13] 孙永兰．文化视角下的汉语言文字研究［M］．长春：吉林人民出版社，2021.

[14] 王惠莲．对外汉语教学方法与教学模式的创新实践［M］．长春：东北师范大学出版社，2020.

[15] 王西维. 汉语言文学与大学生人文素质教育 [M]. 长春：吉林人民出版社，2019.

[16] 吴莉. 传播学视阈内的汉语国际教育研究 [M]. 长春：东北师范大学出版社，2018.

[17] 许燕. 新媒体环境下汉语言文学教学优化策略 [M]. 长春：吉林文史出版社，2018.

[18] 阎嘉. 文学理论基础 [M]. 重庆：重庆大学出版社，2014.

[19] 王一川. 文学概论 [M]. 北京：北京大学出版社，2018.

[20] 普列汉诺夫. 论艺术 [M]. 北京：三联书店，1973.

[21] 荣格. 人，艺术和文学中的精神 [M]. 孔长安，丁刚，译. 北京：华夏出版社，1989.

[22] 瑞恰慈. 文学批评原理 [M]. 杨自伍，译. 南昌：百花洲文艺出版社，1997.

[23] 塞尔登. 文学批评理论——从柏拉图到现在 [M]. 刘象愚，译. 北京：北京大学出版社，2000.

[24] 什克洛夫斯基. 俄国形式主义文论选 [M]. 方珊，译. 北京：三联书店，1989.

[25] 童庆炳. 文学理论教程 [M]. 北京：高等教育出版社，1998.

[26] 托尔斯泰. 艺术论 [M]. 丰陈宝，译. 北京：人民文学出版社，1958.

[27] 王国维. 人间词话 [M]. 北京：人民文学出版社，1982.

[28] 韦勒克，沃伦. 文学理论 [M]. 刘象愚，译. 北京：三联书店，1984.

[29] 韦勒克. 近代文学批评史 [M]. 杨岂深，杨自伍，译. 上海：上海译文出版社，1997.